CUENTOS CHINOS

**Alumnado de 5.º de Primaria
CEIP Ntra. Sra. de la Soledad
Arroyo de San Serván**

2024/2025

Autoría: Alumnado de 5.º de Primaria del CEIP Ntra. Sra. de la Soledad (Arroyo de San Serván). Promoción 2024/2025
Coordinadores del proyecto: Francisco Manuel González González, Verónica Fernández Duarte, Raquel González Gómez y Silvia Montero Silos.

Edición: Cristina Medrano

ISBN: 979-13-990328-8-8
Depósito legal: BA-000268-2025

Primera edición, 2025
www.editorialcuatrohojas.com / info@editorialcuatrohojas.com

ÍNDICE

PROLOGO

CUANDO HACES POP, YA NO HAY STOP

Cuando abres un libro y te sumerges en una historia fascinante, en el conocimiento o en un nuevo mundo de imaginación, es difícil detenerse. La lectura tiene un efecto atrapante: cuanto más lees, más quieres seguir explorando, descubriendo y sintiendo. Como un paquete de snacks irresistibles: una historia bien contada te hace querer más y más, es como si cada página fuera una nueva Pringle de conocimiento... ¡Una vez que empiezas, no hay stop! Prepárate para una experiencia de sabor que desata emociones y te deja deseando más.

¡Qué bonito proyecto! Un recopilatorio de cuentos escrito por niños lleno de imaginación, emociones compartidas y aprendizaje. Cada historia refleja su forma única de ver el mundo y, al unirlas en un libro, se construye algo más grande que la suma de sus partes, ya que las grandes metas requieren más de una mente y más de un par de manos. Por ello, el trabajo en equipo ha aportado motivación y apoyo al compartir responsabilidades y superar obstáculos, ha propiciado el desarrollo de habilidades comunicativas, ha fortalecido la relación entre el alumnado y, a través de la diversidad de ideas aportadas, ha enriquecido la toma de decisiones.

¿Y los sueños? ¿Dónde están? En cada una de las páginas de este libro. Un sueño cumplido que es el resultado de que **las metas** que alguna vez nos parecieron lejanas pueden convertirse en realidad.

En cada página, de *CUENTOS CHINOS* encontrarás desafíos, sorpresas y sensaciones, que despertarán tu curiosidad y el deseo de seguir adelante.

11

Así como las Pringles despiertan el apetito por más, los libros despiertan el hambre de saber, imaginar y sentir. Porque cuando abres un libro... realmente ya no hay stop.

Firmado: L@s tutores de 5.º

En algún lugar de este libro encontrarás una palabra que te hará soñar.

MARTA SERRANO NÚÑEZ

EL DINOSAURIO QUE CONQUISTÓ
LA CASA DE MI ABUELA

En un lugar de España de cuyo nombre no me acuerdo, se almacenaban todo tipo de juguetes rotos: muñecas descabezadas, coches arañados, puzles incompletos y, mucho más. Un día, llegué a ese misterioso lugar y rebuscando entre la montaña de juguetes rotos, muy en el fondo encontré un dinosaurio en perfecto estado, como si el tiempo se hubiera detenido sobre él.

Lo cogí y empecé a jugar, me pasaba las horas jugando con él, inventaba historias del Paleolítico donde él era el protagonista. Un día comencé a observar fenómenos paranormales: si lo dejaba en el viejo baúl me lo encontraba debajo de la silla; si lo guardaba en la caja de los puzles, aparecía asomado a la ventana… ¿Qué estaría pasando? No le di importancia y seguí jugando y dando vida al pequeño dinosaurio.

Los días transcurrían y me acostumbré a su juego, hasta que un día mi sorpresa fue enorme: cuando llegué a casa de mi abuela, el dinosaurio se había duplicado. ¿Qué digo? Triplicado e incluso cuadriplicado… Al principio me dio un poco de miedo, pero acabé de nuevo acostumbrándome a su juego. Pero con el paso del tiempo notaba que lo dejaba en un sitio y se teletransportaba a otro sin que lo tocara.

Un día, lo encontré algo sucio y manchado y decidí coger la manguera y empaparlo de agua para limpiarlo. Cuál fue mi sorpresa al ver que, cuanto más lo mojaba, más grande se hacía.

En ese momento decidí llamar a mis amigos y compartir con ellos el descubrimiento, Entre todos decidimos quitarle la batería, pero había crecido tanto que no pudimos agarrarlo bien. Trazamos un plan entre todos y pensamos subir al tejado, tirar una cuerda, engancharla en sus cuernecitos y lanzarlo al suelo, de esa manera podríamos quitar la dichosa batería.

El plan era perfecto, pero faltaba ponerlo en práctica. Con la adrenalina por las nubes, lo conseguimos. Había sido un éxito, todo iba perfecto… hasta que, a los diez segundos de quitar la batería, el dinosaurio explotó. La onda que creó la explosión nos arrastró hasta la pared y nos hizo daño, pero eso no nos importaba porque resolvimos el problema. Nos acercamos para curiosear, y vimos que en sus ojos había cámaras y en el tronco del dinosaurio se encontraba una pequeña capsula. Cuando la abrimos, encontramos a un duende verde que salió corriendo, pero nosotros éramos más rápidos y lo alcanzamos, Lo cogimos, queríamos saberlo todo sobre él. El duendecillo nos explicó que quería conocer España y que era muy juguetón. Después de eso, lo soltamos y salió corriendo. Mis amigos regresaron a sus casas y, cuando llegué a casa de mi abuela, me obligó a recoger y limpiar el patio. ¡No se lo digáis a nadie! El dinosaurio está escondido en mi estuche.

TRIANA TARDÍO GALLARDO

EL DÍA DE MI CUMPLEAÑOS

Por fin llegó el día de mi cumpleaños. Yo estaba muy contenta porque nos íbamos a reunir toda la familia. Me habían organizado una gran fiesta de cumpleaños con mis mejores amigas y con una tarta superchula.

Cuando llegó la hora de los regalos, la mayoría de mis familiares me dieron dinero para que me comprase cositas que me gustaran, pero hubo un regalo que me dejó sorprendida. Era una caja de cristal y dentro de ella había una rosa, pero no era una rosa cualquiera, era una rosa mágica que me concedería un deseo sorpresa antes de que se acabara el día.

Estaba muy emocionada y decidí irme de compras con mi madre y mis amigas con lo que me habían dado en mi cumple.

Llegamos al centro comercial y empecé a ver ropa y accesorios y, justo en ese momento, en la puerta de una tienda, encontré tirado un monedero con mucho dinero. Mi cara era de felicidad porque me podría comprar más cosas, pero cuando miré a mi madre entendí que tenía que devolverlo porque no era mío. Seguro que esa persona trabajó muy duro para conseguirlo. Así que fuimos a la Policía y lo devolví para que encontraran a su dueño.

El agente de policía me dio las gracias por ese gesto:

—Pequeña, no es lo normal que una persona devuelva el dinero que se encuentre. Ha sido un detalle muy grande por tu parte.

Al llegar a casa fui a mi habitación para ver mi rosa y su lugar había un valioso tesoro dentro de un cofre dorado.

La rosa mágica, al ver la buena acción que habíamos hecho, nos quiso premiar.

ARANTXA LUCAS LÓPEZ

ATRAPADA EN 1878

Allá por el año 1878 vivía una niña llamada Mareline. Ella era muy buena. Un día estaba haciendo fotos porque le encantaba la fotografía, pero… había algo que no cuadraba: ¡una sombra con forma de una niña pequeña cogiéndola de la mano salía en sus fotos!

Mareline se frotó los ojos porque creía que estaba soñando, incluso hizo otra foto para ver si estaba alucinando, pero no. De repente todo empezó a verse borroso y parpadeante como cuando algunas veces no va la televisión y se pone en blanco y negro.

Mareline se asustó y empezó a correr hacia el bosque. Ella corrió todo lo que pudo hasta que encontró un barco grande y oxidado al lado de un gran lago. Se subió a él y fue rumbo a una isla extraña. La decidió llamar así: la isla extraña. Tenía un volcán gigantesco y ella suponía que la isla era segura, pero, cuando se quedó pensando en que hacer, el volcán entró en erupción y toda la lava fue hacia sus pies.

De repente, un fantasma la agarró de la mano y ambos se teletransportaron a un desván y fue allí donde este le contó su historia.

Resulta que el fantasma era la abuela de Mareline que había quedado atrapada y a Mareline le pasó lo mismo.

Una vez aclarado, la niña le dijo adiós a su abuela y se teletransportó de nuevo donde empezó todo, es decir, donde hizo las fotos.

Parece ser que Mareline era huérfana, no tenía ni madre ni padre y nunca había conocido a su abuela hasta ese día. Para ella fue un momento maravilloso.

No se sabe cómo, todo volvió a empezar desde ese momento una y otra vez hasta que Mareline pudo salir del bucle. Ella ya estaba cansada de vivir ese momento en el que se encontraba atrapada. Inesperadamente, se encontró de nuevo a su abuela, que le contó todo sobre los bucles que había porque ella era una experta en ese tema.

Gracias a los consejos de su abuela, la niña consiguió salir de esa situación tan agotadora y desesperante.

A partir de ese momento las dos vivieron juntas y felices para siempre.

MANUEL VAQUERO COLLADO

UN CALLEJÓN SIN SALIDA

Un día, un niño llamado Óscar regresaba a su casa después de una larga tarde de verano jugando en el parque con sus amigos.

La mamá de Óscar lo llamó para que se fuera a casa a cenar. Óscar se despidió de sus amigos y se fue solo a su casa.

Por el camino vio a un indigente pidiendo dinero. Él le dio un céntimo porque era lo único que tenía, de hecho, ese céntimo se lo había encontrado esa tarde en el parque y dicen que encontrarse una moneda da buena suerte.

Al indigente le pareció poco el dinero que le había dado Óscar, entonces, muy enfadado, salió detrás de él pidiéndole más. Óscar le dijo que no tenía, que le había dado todo lo que tenía. El niño se asustó y comenzó a correr metiéndose sin darse cuenta en un callejón sin salida. El indigente lo encontró y Óscar, aterrorizado, empezó a llorar.

Un hombre que pasaba por allí lo vio todo y decidió ayudar a Óscar llamando a la Policía. La Policía llegó enseguida y consiguió atraparlo. Óscar le dio las gracias al señor que le había ayudado. Cuando se acercó para darle las gracias, descubrió que era su padre, que venía del trabajo. Óscar le dio un gran abrazo y se sintió muy protegido y a gusto con su padre.

Los dos regresaron a casa y le contaron a su madre todo lo sucedido durante la cena. Óscar se sentía bien, aunque sabía que un céntimo era muy poco, casi insignificante, pero le había dado al indigente todo lo que tenía, y esa era la lección: «Cuando das a los demás todo lo que tienes te sientes muy bien».

A partir de ese día, Óscar tuvo cuidado de no volver a casa solo y a no meterse por callejones peligrosos.

PILAR ROCHA MACÍAS

EL MONSTRUO WOK Y LUNA

El nacimiento de Luna fue un día muy especial para sus padres, pero poco tiempo pudieron disfrutar de su compañía, ya que, al volver a casa del hospital, sus padres tuvieron un grave accidente de tráfico. Era de noche y nadie pudo socorrerlos. La pequeña Luna sobrevivió al accidente y comenzó a llorar tan fuerte que un extraño monstruo llamado Wok la escuchó, salió corriendo a por ella y se la llevó a su cueva.

Al día siguiente, la niña se despertó junto al monstruo Wok, que la había cuidado con mucho cariño. Los días pasaban y Wok hacía con Luna todo tipo de actividades: subían a la montaña, comían las mejores frutas de los árboles, jugaban con los animales del campo… Se lo pasaban genial.

Años después, cuando Luna se hizo mayor, Wok le explicó que sus padres habían fallecido en un accidente de tráfico y que fue él quien la encontró llorando en la carretera con heridas graves. La niña se quedó sin palabras con cara de tristeza y comenzó a llorar.

Luna poco a poco se tranquilizó, pues su vida junto a Wok estaba siendo muy bonita. Terminaron el día jugando con los animales alrededor de la cueva hasta que el cansancio y el sueño les vencieron.

Al día siguiente, al punto de amanecer, el monstruo se despertó, pero la niña no estaba, había desaparecido. Wok, desesperado, salió a buscarla por todo el bosque, hasta que… la encontró rodeada de una manada de lobos que tenían cara de pocos amigos. Luna estaba aterrada con mucho miedo y Wok no sabía qué hacer, nunca se había enfrentado a los lobos y entonces tuvo una gran idea. Abrió la boca todo lo grande que pudo, tomó aire y dio un rugido tan gigante que espantó a los lobos. Entonces, corrió desesperado a por la Luna, que tenía algunas heridas leves sin importancia. Wok curó las heridas de Luna con una hoja de aloe vera. La niña le agradeció a Wok su acto y le dio un abrazo.

Por la noche se quedaron viendo las estrellas y contando historias graciosas, esas que los humanos llaman chistes.

VERA GONZÁLEZ PEÑATO

EL MEJOR AMIGO ARREGLADO

Érase una vez una niña llamada Maya.

Maya se sentía muy sola, pero un día ella decidió salir a la calle para dar un paseo. Iba andando tranquilamente cuando se encontró con un robot y se sorprendió muchísimo. Como no era de nadie, decidió llevárselo a su casa.

Cuando llegó a casa, Maya descubrió que el robot tenía un botón rojo y lo pulsó. Entonces el robot se encendió y dijo:

—¡Hola, me llamo Walter!

La niña le preguntó:

—¿Quieres ser mi mejor amigo?

Inmediatamente, Walter dijo que sí.

Un día, la prima de maya cogió el robot para jugar con él y se lo rompió sin querer. Maya, cuando se enteró, se puso a llorar. Pero por la noche estuvo ideando un plan para encontrar las piezas rotas y poder arreglarlo.

Estuvo buscando por su ordenador y las piezas costaban más de un millón de euros. Pero…, como Maya no disponía de tanto dinero, se le ocurrió pedírselo a unos familiares ricos que tenía. ¡Consiguió todo lo que necesitaba!

Unos días después, decidida a buscar las piezas que arreglarían a Walter, se puso el despertador a las ocho de la mañana. Se levantó corriendo y se vistió. Cogió el autobús, fue a la primera tienda y no había nada, a una segunda y tampoco… y así pasó todo el día buscando y buscando sin encontrar lo que necesitaba. Sin esperanza, decidió volver a casa.

Maya estaba cansada y muy triste, pero en el camino se encontró con la última tienda y allí le dijeron: «¡Tenemos lo que necesitas!». Maya se puso muy pero que muy contenta.

Cogió la pieza y se fue corriendo a casa. Cuando llegó, fue a su habitación y cogió a Walter de debajo de la cama, le enganchó las piezas y... ¡Walter revivió! Maya, con alegría, le dio un abrazo. Al principio Walter no la reconoció, pero después sí. Maya le regaló un collar para que nunca pero que nunca se separasen. Había conseguido recuperar a su mejor amigo.

MARA GONZÁLEZ FUENTES

LA NIÑA METE PATAS

Érase una vez una niña que vivía en un hermoso pueblo rodeado de montañas y zonas verdes. La niña se llamaba Mia y era muy alegre y divertida, pero tenía una peculiaridad: siempre metía la pata. No lo hacía a propósito, era casualidad.

Un día, en clase, mientras que la maestra estaba corrigiendo unas fichas de mate, su amiga Lisa fue a entregar su trabajo a la maestra y entonces Mia se agachó para coger un papel del suelo y Lisa tropezó con ella y se cayó. La maestra pensó que había sido a propósito y dejó a Mia sin jugar un ratito en el recreo.

Como Mia no podía jugar en el recreo, se acercó a la zona del huerto del cole y allí vio una flor amarilla muy llamativa. La niña sintió un deseo enorme de coger la flor, pero no solo cogió una, sino todas las que había. Cuando la maestra se dio cuenta, se enfadó muchísimo y se acercó muy alterada.

—¡Mira, maestra, qué flores más bonitas!

Los compañeros de clase miraban a Mia con las flores amarillas en la mano como si tuviera un ramito y la maestra superenfadada.

—Mia, ¿qué has hecho? —dijo la maestra. Esas flores no son para hacer ramos de adorno, son las flores de los calabacines que hemos sembrado en el huerto, de ellas sale el calabacín y ahora no saldrá ninguno porque tú las has cortado.

Mia sintió mucha pena y le dijo a la maestra:

—Ya sé cómo arreglarlo, llamaré a la bruja mágica para que prepare una pócima para echar en el agua de riego de los calabacines y, si esperamos una hora, los calabacines crecerán de nuevo.

Ahora sí que quedaron todos asombradísimos. Los compañeros de Mia se preguntaban entre ellos: «¿Una bruja? ¿Una pócima?... ¿Estás soñando?»...

—¡Mia! ¡Mia! ¡Despierta! —gritaba la maestra.

—¿Qué ha pasado? ¿Otra vez metí la pata? ¿Ha llegado ya la bruja?

—No, Mia, te has quedado dormida en el banco de la amistad del patio, por unos minutos los ojos se te han cerrado. Ahora levántate y juega los quince minutos que quedan de recreo, pero ten cuidado con los calabacines del huerto.

—¿Cómo sabe la maestra que he soñado con calabacines, flores amarillas y brujas?

—Porque has estado hablando —contestó su amiga Lisa.

Desde entonces, Mia ponía mucha atención en todo lo que hacía para no cometer más errores y no meter más la pata.

ISABEL SUÁREZ RODRIGUEZ

EL SUEÑO DE ZEUS

Érase una vez dos duendes muy traviesos y divertidos llamados Zeus y Cloe. Un día, su madre les dio la noticia de que iban a ir al parque de atracciones. Zeus y Chloe estaban tan ilusionados que no podían dormir, era la primera vez que visitaban un parque de atracciones.

Cuando llegó el día, vieron que estaba cerrado, se dieron cuenta de que habían llegado una hora antes, no querían quedarse fuera, estaban tan nerviosos que la hora se les hizo larguíííísima.

Cuando abrieron, no sabían dónde montarse primero porque Zeus quería ir a la montaña rusa y Cloe quería montarse en la noria. Hicieron un acuerdo: primero se montarían en la montaña rusa y, cuando se bajaran, irían a la noria. Después, fueron a un laberinto de espejos.

Pero al salir del laberinto de los espejos, estaban en otro universo, donde los animales hablaban. Un poco aturdidos y mareosos, pidieron ayuda a un perro llamado Robit que era un superhéroe.

La solución que le dio Robit fue ir a la feria de nuevo (que era la semana siguiente) y volver a montarse en el laberinto de espejos.

Mientras pasaban los días hasta llegar la feria, la familia de duendes se alojó en un hotel llamado Harads y lo pasaron muy bien con los animalitos parlantes.

El primer día de la feria salieron a disfrutar con Robit, el segundo también y el tercero empezó la operación «vuelta a casa». Cuando salieron del laberinto, la familia de duendes ¡había vuelto a casa! y siguieron disfrutando en las atracciones. FIN…

¡No, espera! De repente Zeus se despertó y vio que todo había sido un sueño, se dio cuenta de que era hora de ir al parque de atracciones con su familia.

¡Ahora sí! FIN.

MARTINA CORDERO BENÍTEZ

DAVID EL TART-T-TAMUDO

Hace ya algún tiempo, en un pueblo muy lejano y moderno, nació un 12 de octubre de 2014 un niño al que decidieron llamar David. Al empezar a hablar, sus padres se dieron cuenta de que el niño repetía varias sílabas, pero pensaban que era porque estaba aprendiendo a hablar y que cuando creciera esa costumbre desaparecería. Un día quería decir una palabra y empezó a dejar de respirar. Su abuela, muy preocupada, le preguntó:

—¿Qué te pasa?

Y el niño empezó a ponerse lila, azul, verde... Sus padres le llevaron al hospital. Allí el médico, al ver la salud del chico, les dijo a los padres:

—Vuestro hijo creo que es tartamudo.

Y la madre le contestó:

—¿Pero le va a volver a pasar esto de nuevo?

—No sé, eso sucede sin saber, pero os voy a dar una cita con el médico José Luis, que es experto en este tema.

Pasados unos días, fueron a la cita y se confirmó que sí, David era tartamudo.

Cuando entró a Primaria, un niño llamado Jorge y sus amigos empezaron a hacerle bullying, pero él no les contó nada a sus padres. Hasta que, en tercero de Primaria, un día le hicieron algo más grave y él salió llorando. Su padre le preguntó:

—¿Qué te pasa?

David se quedó callado y el padre le preguntó a un *amigo* de su hijo:

—¿Qué le pasa a David?

—Que a Jorge le está haciendo un montón de cosas.

Cuando llegaron a casa, el papá de David se lo contó a su mujer. El niño pensaba que le iban a reñir, pero no, le abrazaron y, esa misma tarde, el padre se puso a buscar información sobre la tartamudez, sus causas y posible solución a ese problema. Después de un rato encontró una asociación para tartamudos. Al día siguiente le dijo a David:

—¡Te tengo una sorpresa!

—D-di-dime —contestó el niño.

—Vas a ir a una asociación para tartamudos. Creo que allí te pueden ayudar mucho y vamos a encontrar la solución a lo que te sucede.

—Muchas gr-gracias, p-p-paapaaá.

Después de una semana, David conoció a muchas personas como él en esa asociación. Al principio estaba muy nervioso, pero poco a poco se le fue quitando. Al cabo de varias semanas se fue sintiendo más seguro a pesar de que su tartamudez siguiera. Y así pasaron los años, David continuó siendo tartamudo, pero se convirtió en todo un profesional ayudando a niños que tuvieran problemas para hablar y comunicarse.

ALEJANDRO ROJO BENÍTEZ

EL TEMPLO DEL TESORO

Un grupo de arqueólogos españoles estaba investigando el origen de un templo perdido en la antigua ciudad Maya. Era un templo desconocido para muchos, en él se guardaban riquezas de la civilización Maya.

Ningún científico antes lo había conseguido, ya que todos los que lo habían intentado caían en las numerosas trampas que había por el camino. Estaba todo preparado para no ser descubierto por nadie.

Los arqueólogos españoles tenían un mapa que indicaba que dentro de ese templo había escondido un gran tesoro.

El mapa indicaba que, para llegar a ese misterioso lugar, debían atravesar bosques, desiertos y volcanes.

El primer obstáculo fue el bosque. Cuando pasaron por allí, un oso enorme los atacó. Salieron disparados del miedo que tenían y lograron salvarse.

Luego, pasaron por un caluroso desierto donde tuvieron que protegerse de peligrosísimas serpientes de cascabel, escarabajos carnívoros y rinocerontes gigantes. Además, el sol era tan fuerte que les quemaba la piel.

Por último, llegaron al volcán. Uno de los arqueólogos no fue capaz de saltarlo y cayó en su interior quemándose con la lava. Pero sus compañeros no pudieron hacer nada, tenían que seguir adelante con la aventura.

Finalmente, a lo lejos, divisaron un hermoso templo. Ya estaban allí, lo habían conseguido... Aunque nada más lejos de la realidad.

Al entrar en el templo, tuvieron que atravesar varias salas. Cada una de ellas estaba asegurada con una trampa diferente. Había puertas misteriosas con cien llaves para que quien las encontrara tardara más de 24 horas en averiguar cuál era la verdadera. A pesar de las trampas y los desafíos, los arqueólogos fueron muy audaces y consiguieron salvar todas las trampas y llegar finalmente a la sala del TESORO.

Los españoles se quedaron admirados por la belleza del templo y por el gran tesoro que habían descubierto haciéndose así ricos para siempre, pero decidieron donar una parte de las riquezas al museo de la localidad. Por allí pasaban diariamente cientos de curiosos que querían descubrir las maravillas mayas.

ALFONSO GRÁGERA PATIÑO

LAS TRAVESURAS DE AURELIO Y SUS AMIGOS

Aurelio era un niño muy nervioso e inquieto. Se pasaba todo el día en la calle con sus amigos Tomás y José. Hacían todo tipo de travesuras, llamaban a las puertas y salían a correr, iban al comercio de la esquina y robaban cosas… y muchas travesuras más. A la mañana siguiente, que era sábado, quedaron en la casa de Tomás y decidieron ir al lago que había donde ellos vivían, allí había muchos patos y peces.

Estuvieron una hora más o menos y, después, se fueron al comercio de la esquina a robar huevos para tirarlos al escaparate de la tienda de la señora Matilde.

—¡Qué bien lo vamos a pasar! —decía Tomás, mientras José llenaba el cubo de huevos.

Pero lo que no sabían era que la señora Matilde tenía cámaras fuera y dentro de la tienda. Matilde, cuando vio que faltaban huevos en la estantería, miró las cámaras y vio a los tres amigos robando y tirando los huevos al escaparate.

Matilde, inmediatamente, llamó a sus familiares. Sus padres se enfadaron mucho y los castigaron un mes entero sin salir de casa y sin hacer nada, lo que les produjo un enorme aburrimiento.

Al pasar el mes, quedaron de nuevo en el lago, estuvieron pensando que hacer, fueron a la casa de la señora Matilde y se disculparon ante ella. Además, como estaban arrepentidos, le ordenaron la tienda y le pusieron un escaparate muy bonito para atraer a la gente.

Parecían niños nuevos, habían cambiado mucho. Hacían buenos actos como ayudar a los ancianos a cruzar la calle y dar comida y ropa a los indigentes.

La gente estaba muy contenta con ellos, cada vez que los veían los saludaban.

Al final, los tres amigos entendieron que es mejor hacer buenos actos y que la gente te quiera a hacer malos actos y que la gente te odie y no te quiera a su lado.

MANUEL SÁEZ CORVO

LA CASA ABANDONADA

Hace mucho, mucho tiempo, sobre el año 1976, había una familia que vivía en una casa preciosa. Era una planta baja con un jardín delantero lleno de flores y arbustos. En el tejado había una pequeña ventana que daba a una buhardilla. ¡Parecía una casa de cuento!

Un día, el padre se fue a trabajar al campo, pero cuando iba de camino se encontró con una casa abandonada, le entró mucha curiosidad y se acercó a ella para verla más de cerca e investigarla. Era una casa muy rara, no tenía habitaciones, solo un gran salón del que salía una escalera de caracol que llevaba a la planta de arriba.

Allí había un gran pasillo estrecho lleno de puertas cerradas que el hombre no se atrevió a abrir, bueno, ni a llamar.

Se hacía tarde y el padre no volvía a casa. Entonces su mujer empezó a preocuparse y pensó que su marido estaba tardando más de la cuenta. Decidida, salió a buscarlo y en el camino se paró enfrente de la casa sin saberlo.

Fue entonces cuando el marido se dio cuenta de que su mujer estaba fuera, pero que no veía la casa ni lo veía a él, todo era tan extraño… El hombre, muy preocupado, salió de allí rápidamente y se dirigió de nuevo a su hogar.

Cuando llegó a casa, la mujer le preguntó dónde había estado, que estaba muy nerviosa porque no sabía nada de él y que había salido a buscarle.

Entonces el marido le contó todo lo sucedido y que la había visto desde la casa abandonada. La mujer alterada y malhumorada le dijo:

—¿Qué casa abandonada? ¿De qué me hablas?

El padre le dijo que estaba cerca de su trabajo y fueron a verla. Cuando llegaron, la madre no veía la casa y el padre se dio cuenta de que veía fantasmas, se asustó mucho y salió corriendo hacia su casa. Nunca más volvió a pasar por aquel lugar.

CRISTIAN LÓPEZ MORENO

UN KIWI MUY TRAVIESO

En las lejanas tierras de Nueva Zelanda vivía Kiki, un kiwi marrón y picudo... Aunque los kiwis son tímidos y escurridizos, Kiki era curioso y atrevido. Se pasaba el día gastando bromas a los animalitos del bosque.

Una mañana de primavera, mientras Kiki estaba olfateando con su pico una camada de gusanos bajo tierra, apareció una gran hormiga roja. La hormiga se subió al pico del kiwi y no era capaz de soltarse. Entonces, de repente, Kiki estornudó y la hormiga roja salió disparada y aterrizó en la nariz de un excursionista. ¡Qué espectáculo más gracioso! Kiki con un moquillo en el pico, la hormiga aplastada en la nariz del excursionista.

Después de un rato de alboroto, el excursionista se acercó a Kiki.

—¿Cómo te llamas?

—Me llamo Kiki.

—¡Esto es increíble!, un kiwi parlanchín.

El excursionista y el kiwi se hicieron muy amigos. El pequeño se llevaba a Kiki a su tienda y allí, el kiwi hacía muchas travesuras. Una de sus favoritas era desatar durante la noche las cuerdas que sostenían las tiendas de campaña hasta que se caían y provocaba un gran lío. Otro día, Kiki cogió las gafas del monitor del campamento y las escondió debajo de un montón de hojas.

Los demás kiwis de la zona le regañaban: «¡Kiki, deberías estar buscando comida, no causando problemas!», pero Kiki simplemente picoteaba el suelo con aire inocente, sus pequeños ojos oscuros brillaban con picardía.

Un día, sus travesuras le llevaron muy lejos, siguió un camino que nunca había visto antes. El camino le llevó hasta un claro en medio del bosque donde estaban instalando un equipo de cine para grabar un documental de la zona. Allí Kiki siguió haciendo travesuras, se divertía picoteando los cables de iluminación hasta que, un día, se produjo un apagón.

El director gritaba: «¿Qué ha pasado? ¡Alguien ha cortado el cable de alimentación!». Mientras, los técnicos buscaban la avería. Kiki observaba la escena desde un arbusto cercano.

Finalmente, uno de los técnicos encontró el cable mordisqueado. Siguió las pequeñas huellas en la tierra y sus ojos se posaron en un pequeño kiwi marrón que los miraba con curiosidad.

En lugar de enfadarse, el director sonrió.

—¡Mirad eso! ¡Ya tenemos al culpable!

En lugar de ahuyentar a Kiki, decidieron incluirlo en su documental. Filmaron al pequeño kiwi travieso correteando, picoteando objetos y causando pequeños caos. De repente, el kiwi, sin darse cuenta, se había hecho famoso demostrando que, a veces, ser un poco revoltoso puede llevar a aventuras inesperadas.

MANUEL GONZÁLEZ MATEOS

ME LLAMO DAVID Y QUIERO SER CONDUCTOR DE CARRERAS

Hola, soy David y tengo diez años. Mi sueño es ser conductor de carreras porque me gusta mucho jugar con los coches desde que era muy pequeño.

Como mis padres conocen mi pasión, me quieren apuntar a conducción de coches. Es un premio por sacar buenas notas en el cole.

Hoy es 14 de abril y voy por primera vez a clases. ¡Estoy emocionadísimo! Además, cuando he llegado allí tenía muchos nervios, pero estaba decidido a vivir esta experiencia y me he puesto manos a la obra.

En un primer momento y de los mismos nervios, no somos capaces de poner el pie en acelerador, pero como es el primer día no pasa nada, dicen mis padres. Después nos vamos para casa y me ponen para comer macarrones con tomate, que es mi plato favorito.

He pensado que tengo que seguir portándome muy bien porque el día 24 de agosto es mi cumpleaños y quiero que me regalen una Play 5 o una Nintendo con el GTA 5, así en casa podré jugar a conducir coches y seguir mejorando como piloto.

Por fin llegó el día, hoy cumplo once años y he conseguido que me la compren. Estoy muy contento. Algunas veces voy a jugar con mi primo a la PLAY 5 y le echo unas partidas. Siempre le gano y se enfada mucho, pero yo le sigo animando a quedar conmigo y así me sirve de entrenamiento.

Han pasado varios años, ahora tengo 27 y me dedico de forma profesional a conducir coches de carreras. Suelo quedar dentro de los cinco primeros clasificados con frecuencia, pero lo más importante no es eso, sino que hago lo que me gusta, disfruto y me lo paso genial.

Hoy tengo una carrera con un Volkswagen GTI carrera contra un Lamborghini aventador. Estoy 1 hora conduciendo y al final… ¡Gano la 1ª copa! ¡¡¡Me siento emocionadísimo!!! Mis padres se ponen contentísimos y muy orgullosos de mí. De tan famoso que soy, me dicen *el Davicarsport.*

ÁFRICA LÓPEZ BENÍTEZ

EL TRABAJO MÁGICO

Pablo era un niño que vivía en Valladolid y le encantaba ir al colegio. Un día, su maestra anunció a toda su clase que debían hacer un proyecto del espacio y a él le tocó trabajar con Laura, Lucas, Marcos y Martín.

La maestra dijo que había que hacerlo en casa; entonces, todos quedaron en casa de Pablo. Empezaron a diseñar la portada, dibujaron el cielo, los planetas, las estrellas y la verdad es que les salió perfecto. Como ya era muy tarde, se fueron a casa y quedaron para seguir con el proyecto al día siguiente.

Pero Pablo, que tenía en su casa el trabajo, lo miraba y miraba hasta que notó algo raro: aquel trabajo hacía encender y apagar las estrellas de la portada. ¡No se lo podía creer! Era como si hubiera cobrado vida. Pablo, muy asustado, se fue corriendo hacia su habitación.

Al día siguiente, cuando llego a la escuela, Pablo se lo contó en secreto a su amigo Lucas, pero este, en vez de guarda el secreto, se lo contó a todo el equipo y, claro, ninguno creyó a Pablo. Empezaron las burlas:

—Claro, Pablo, ahora dirás que los planetas cantan, y que el cielo baila al ritmo de los planetas —decía Martín.

—Yo lo vi, de verdad —insistió Pablo con la voz temblorosa—. Las estrellas... parpadeaban. Como si respiraran.

—Seguro que te quedaste dormido mirándolo —añadió Marcos...

Pablo se encogió de hombros, estaba seguro de lo que había visto, pero ¿cómo podía convencerlos? Decidió que la única forma era mostrarles la verdad.

—Mañana vamos a mi casa otra vez, ¿verdad? —preguntó Pablo.

—Sí, tenemos que terminar el sistema solar —respondió Martín.

—Pues mañana lo veréis —dijo Pablo, aunque no estaba seguro de cómo iba a hacer que las estrellas volvieran a encenderse.

Al día siguiente se reunieron y continuaron con el proyecto. Pablo estaba muy nervioso pensando si las estrellas se encenderían o no. Cuando la tarde comenzó a caer, Pablo volvió a mirar la portada y, de repente, una de las estrellas, la más grande, comenzó a parpadear, y luego otra, y otra… Estaba sucediendo de nuevo.

—¡Mirad! —exclamó Pablo señalando la portada con el dedo tembloroso.

Sus amigos dejaron de trabajar y miraron hacia donde Pablo indicaba. Al principio, no vieron nada. Pero enseguida todos gritaron:

—¡Es verdad! ¡Se están encendiendo!

Las estrellas parpadearon al unísono y, de repente, una pequeña luz surgió del dibujo, mostrando una imagen borrosa de lo que parecía ser la superficie de la Luna. ¿Estarían viajando a otra dimensión? ¿Habrá alguna explicación lógica o mágica para lo que sucede con el proyecto?

Todo lo que ocurrió en casa de Pablo lo guardaron como el secreto más secreto del mundo y no se lo contaron a nadie.

IRENE LÓPEZ SUÁREZ

UNA PERLA DE SIRENA

Hola, soy Sara y me encanta ir de vacaciones con mis primas, Mía y Sofía. Este año hemos ido a la playa. ¡Me encanta la playa!

Cuando llegamos, lo primero que hice fue saludar a mis primos y nos fuimos a colocar la ropa en nuestra habitación. Después de ordenar todo, le dijimos a nuestros padres si nos podíamos ir a dar una vuelta por la orilla del mar, y nos dijeron que sí. Entonces nos fuimos.

Cuando llegamos, colocamos las toallas y los juguetes en la sombrilla. Mientras mis primas terminaban, me fui a la orilla y me adentré poco a poco.

De repente, pisé algo, miré para ver qué era y vi una concha. Dentro de ella había algo brillante. ¡Era una perla que deslumbraba lanzando miles de destellos de colores! Avisé a mis primos y se quedaron muy sorprendidos.

—¿Una perla dentro de una concha? —dijo Mía.

La perla cada vez se hacía más y más brillante. Se nos cayó y, cuando intentamos cogerla, comenzó a moverse. Iba trazando una línea recta, parecía que quisiera que la siguiéramos. Decidimos seguirla y nos llevó a una pequeña cueva. La perla por fin se quedó quieta y la pudimos coger.

En ese momento, empezamos a ver parpadear dentro de la cueva unas luces rosas, blancas y azules. Nos entró la curiosidad y decidimos atravesar la puerta. Una vez dentro de la cueva, vimos que allí había un pequeño estanque y varias perlas como la nuestra que brillaban. De pronto, empezaron a salir burbujas en el agua. De esas burbujas salían unas dulces voces, que resultaron ser tres sirenas. Lo más sorprendente de todo fue que hablaban nuestro idioma.

Nos preguntaron qué hacíamos allí, y nosotros le contamos lo que había pasado. Ellas cuchicheaban, decían algo de nosotras.

—¿Qué pasa? —dijo Sofía.

Ellas no dijeron nada. Levantaron una pequeña concha y de ahí sacaron tres collares con una concha rara. Las conchas eran blancas con destellos de color rosa, morado y azul.

Nos los dieron y nos dijeron que nos los pusiéramos. Cuando nos los pusimos sentimos como un escalofrío, y de repente Mía levantó la mano e hizo flotar a una concha. Yo hice lo mismo y se movió el agua. Por último, Sofía sin querer se cayó y con la palma de la mano hizo que una pequeña piedra se quemara. ¡Teníamos superpoderes!

LARA RAMÍREZ VILLALOBOS

LA FIESTA DE PIJAMAS

Era el cumpleaños de Sara y su madre le había preparado una fiesta sorpresa de pijamas con sus cuatro mejores amigas: Luna, Abril, India y Paz. Pasaron toda la tarde jugando y hablando de sus cosas.

A Sara, se le ocurrió hacerles una broma a sus amigas y darles un susto. Así que se fue al baño y se disfrazó de vampira. Una vez se hubo disfrazado, Sara salió del baño y de puntillas en silencio recorrió el pasillo, fue a la habitación y llamó a la puerta, dando tres golpes secos: TOC, TOC, TOC. Al sonar los golpes, sus amigas se asustaron.

—¿Sara, eres tú? —preguntó Luna.

—¿Sara? Imposible. ¡Ha ido a ayudar a su madre a hacer la cena! —contestó Abril.

—Chicas, ¿habéis escuchado eso? —dijo India.

—Sí, sí, yo también he vuelto a escuchar la puerta —dijo Paz.

Así que las cuatro amigas decidieron asomarse al pasillo juntas porque estaban muy asustadas y… de repente, cuando se disponían a abrir la puerta para ver qué o quién estaba detrás, ¡ZAAAAAS! Apareció una vampira con colmillos enormes y con la melena en la cara. Las cuatro amigas dieron un gran grito y Sara rompió a reír a carcajadas. No se podía creer que sus amigas se hubieran tragado lo de la vampira. Entonces, todas se dieron cuenta de la broma y comenzaron a reír sin parar.

Después, continuaron jugando durante un rato hasta que la mamá de Sara las llamó para que bajaran a cenar. Cuando terminaron, las chicas estaban alborotadas y la mamá decidió subir al segundo piso para mandarlas a dormir. Como se les había hecho muy tarde y ya habían aprovechado mucho el día, decidieron ser obedientes e irse a dormir.

A la mañana siguiente, cuando se despertaron, vieron en la mesita de noche un sobre grande. Sara se puso muy nerviosa y decidió abrirlo para ver qué era. En su interior había una carta que decía: «Querida hija, estoy muy orgullosa de ti, de lo que te esfuerzas día a día, y he decidido que… con el permiso de todas las madres de tus amigas, os tengo que decir que como regalo de cumpleaños… vais a preparar las maletas porque os vais de viaje a París».

Todas bajaron como locas las escaleras y fueron corriendo a darle las gracias a la mamá de Sara. En tres días, salieron de viaje rumbo a París.

Las cinco amigas disfrutaron muchísimo y comprendieron que el esfuerzo por hacer las cosas bien siempre se ve recompensado.

JUAN ANTONIO ORTIZ GALLARDO

DÍA EN LA PLAYA

Un día, dos niños estaban de vacaciones en la playa. Los niños se llamaban: Jesús y Lucas.

Fueron a montarse en un parque de colchonetas que hay flotando en el mar. Jesús y Lucas se tiraron desde un sitio muy alto y se pegaron un planchazo. Les dolió mucho, pero no les pasó nada. Hubo muchas risas y bromas. Cuando se acabó el tiempo se fueron a la orilla en lancha. ¡Estuvo muy divertido! Cuando llegaron a la orilla les contaron a sus padres lo divertido que estuvo y las bromas que hicieron.

Más tarde fueron otra vez al mar y estuvieron jugando con una pelota. Jesús la tiró muy lejos y un señor que iba en lancha se la dio. Lucas se acordó de lo divertida que había sido la lancha de antes, así que le preguntó: «¿Nos puedes dar una vuelta en la lancha?». El señor les dijo que sí. Se montaron y fueron a dar una vuelta y, como no sabían para dónde ir, terminaron en el medio del mar.

Al intentar regresar a la orilla se perdieron, tiraron por mal camino y fueron a parar a Marruecos. Cuando llegaron a la orilla se dieron cuenta de que estaban en otro país. Jesús no sabía qué decir y empezó a pedir ayuda en todos los idiomas que recordaba. Al ver que nadie les hacía caso, cogieron la lancha, consultaron el Google mapas y se fueron a España.

Cuando llegaron a España buscaron a sus padres y los encontraron dormidos, pero los despertaron para contarles lo que les había sucedido. Estos al principio se asustaron muchísimo y les echaron la bronca, pero Jesús y Lucas de los mismos nervios se echaron a reír. A sus padres no les hizo nada de gracia y les prometieron que las próximas vacaciones se quedarían en casa para no hacer más travesuras.

ÁNGEL GALÁN BOLAÑOS

GRÓNFIO Y LA ISLA MISTERIOSA

Érase una vez un capitán marinero que iba en su barco muy feliz. El capitán se llamaba Grónfio. Ese día decidió salir a navegar sin tripulación, pero le pilló una enorme tormenta. Al no tener una tripulación, el capitán Grónfio se perdió en el mar. Cuando despertó estaba en una isla que parecía deshabitada, Grónfio se quedó impresionado con lo que allí vio: ¡había una rata del tamaño de un tiburón blanco y un grupo de cocos bailando la conga!

El capitán decidió adentrarse en la isla. Cuanto más se adentraba, más alucinaba. Veía desde un T-rex volador hasta un unicornio con doce patas. Grónfio, un poco cansado, dejó de caminar porque estaba atardeciendo. El capitán buscó un refugio dentro del tronco de un árbol.

Por la mañana, Grónfio despertó dentro de otro árbol. El capitán no sabía qué había pasado, pero la parte buena de eso era que había aparecido al lado de un lago y de árboles ricos en fruta. Grónfio recuperó energías y decidió seguir explorando la isla. Cuando empezó a atardecer volvió a donde había despertado, pero para no aparecer en otra zona se hizo una pequeña caseta con ramas.

Pasadas algunas semanas, con la misma rutina decidió construirse una casa porque no sabía cuánto tiempo iba a estar allí. Grónfio se construyó una casa mejor que la suya propia y más resistente, y eso que era de madera.

Pasada otra semana explorando la isla, ya se la conocía como la palma de su mano. Cuando Grónfio llevaba cinco meses en la isla, empezó a echar de menos a su familia y decidió hacer un barco para intentar volver a casa.

Pasados dos meses más, Grónfio ya había terminado su barco. El capitán pensaba que ya había terminado su estancia en la isla. Luego, cuando ya estaba lejos, echó la vista atrás y no vio la isla. Pensó que ya estaría demasiado lejos, pero cuando miró hacia adelante vio su casa y se puso muy contento.

Al llegar a casa, le dio un tremendo abrazo a su esposa y a sus dos hijos. Su esposa le preguntó por qué tenía tanta ilusión por verlos si solo había salido dos horas. Grónfio, sorprendido, no dijo nada, pero él sabía que había vivido algo único y que eso era de verdad.

Al día siguiente, Grónfio volvió a salir sin tripulación. Otra vez le pilló una tormenta y apareció en la misma isla, pero esta vez su barco no estaba destruido. Grónfio dejó de ser marinero y un día llevó a su familia con él y fliparon con lo que vieron. A partir de ese momento, Grónfio y su familia iban todas las semanas de vacaciones a la isla y se quedaban viviendo en el casoplón que había construido Grónfio.

DALIA MONSERRAT LAVADO

EL SUEÑO DE ALISON

Érase una vez, en un pueblecito muy pequeño, vivía una niña llamada Alison. Ella quería ser una YouTuber famosa. Así que se abrió un canal. Cada día iba subiendo un contenido y así durante mucho tiempo estuvo trabajando duro para mejorar y crear videos para tener muchos seguidores.

Cada día, con entusiasmo y dedicación, Alison subía un nuevo video. Al principio, eran grabaciones sencillas de sus juguetes cobrando vida en historias inventadas, comentarios de sus libros favoritos o tutoriales sobre cómo hacer figuras de plastilina que a menudo terminaban pareciéndose más a monstruos amigables.

Día tras día, Alison estuvo trabajando duro. Aprendió a editar sus vídeos para mejorar la calidad de sus grabaciones. Poco a poco, fue creando su propia carrera y su lista de seguidores crecía sin parar. Los comentarios, al principio escasos, empezaron a multiplicarse, llenando su pantalla de mensajes de ánimo y sugerencias. Alison respondía a cada uno con entusiasmo, sintiendo cómo su sueño comenzaba a tomar forma.

Sus padres siempre la apoyaron y estaban muy orgullosos de ella. Esto la ponía muy alegre. Así, Alison fue consiguiendo lo que quería, que era triunfar como YouTuber. Con su gran trabajo llegó a tener más de treinta millones de seguidores.

Con el paso del tiempo, Alison consiguió ser una famosa influencer, se compró una casa y la compartió con sus padres, ya que, aunque al principio no entendían del todo este mundo de los YouTubers, siempre la apoyaron y la animaron cuando ella más lo necesitaba, convirtiéndose en sus mayores fans. Saber que tenía el apoyo de su familia era el *like* más valioso.

Así Alison consiguió cumplir su sueño.

ISMAEL SÁEZ CORVO

LA PANDILLA DE LA MARAVILLA EN BUSCA DE AVENTURAS

Hola, mi nombre es Francisco y estos son mis amigos: Pepe, Roberto, María y Raquel, juntos formamos la Pandilla de la Maravilla.

Un día decidimos ir en busca de aventuras al bosque porque el abuelo de Roberto nos dijo que si alguien entraba en el bosque encantado pasaría algo muy extraño y eso a nosotros nos parecía MUY EMOCIONANTE.

Cuando todos estábamos caminando por el bosque y nos encontrábamos por la mitad del camino… ¡apareció de repente una persona con una capucha negra! El personaje caminaba con las manos en los bolsillos y la cabeza baja. Sus pasos eran cortos y lentos, así se daba más intriga. Nos asustamos muchísimo y nos empezamos a mirar. María decidió que debíamos caminar en grupo y no separarnos. Después de unos minutos de pánico, luego nos dimos cuenta de que había sido una broma de Roberto y nos echamos a reír.

Después de un rato, los chicos decidieron volver a sus casas y, antes de despedirse, Pepe planteó que al día siguiente podríamos ir en busca de más aventuras y a todos nos pareció perfecto.

Por la mañana todos quedamos en casa de Roberto. María y Raquel tardaron mucho, ya sabéis, «cosas de chicas», pero cuando todos estuvimos juntos se nos ocurrió una idea fantástica. Queríamos ir a La Ciudad embrujada.

Nos tuvimos que armar de valor para entrar en aquella Ciudad, pero, una vez dentro, lo primero que nos encontramos fue un cachorro muy bonito y vimos que allí no había nada peligroso que nos pudiera pasar. Decidimos llevar al cachorro a casa de María y tras darle un pequeño baño. Empezamos a buscarle un nombre. Raquel dijo que se podría llamar Max o Rayo. Inmediatamente todos dijimos que el nombre que más nos gustaba era Rayo.

Desde entonces ese pequeño cachorro es un miembro más de la Pandilla de la Maravilla y nos hace pasar muy buenos ratitos.

DANIEL GARCÍA RIOLA

LOS NIÑOS Y EL UNICORNIO MÁGICO

En un país muy lejano llamado Firpu, Ferp y sus amigos Jong y Chimp iban caminando juntos por un bosque de castaños. De repente, se encontraron con un unicornio mágico. Ellos se quedaron como de piedra. Pensaban que los unicornios eran seres fantásticos, fruto de la imaginación. El unicornio se acercó a los niños y les dijo:

—¿Queréis teletransportaros a un sitio muy especial y único con el que alguna vez hayáis soñado?

Ellos, rápidamente contestaron:

—Síí, queremos teletransportarnos a Cimpa.

Cimpa era un lugar imaginario que los niños se habían inventado para crear historias divertidas.

Entonces el unicornio les dijo:

—No sé dónde está, pero buscaré con mi GPS fantástico y os llevaré.

Un remolino de polvo envolvió a la pandilla, cerraron los ojos y, cuando los abrieron, habían llegado al mundo de Cimpa, ese lugar fantástico con el que soñaban. Lejos de parecerles diferente, se asombraron al ver que era un lugar parecido al suyo.

Al llegar, se encontraron con una pandilla de chicos muy parecidos a ellos. Ferp, Jong y Chimp se acercaron y por un momento se hizo el silencio. Jong, que era el menos vergonzoso de los tres, hizo las presentaciones del grupo.

—Chicos —dijo Jong—, os presento a mis amigos. Ferp es muy gracioso, siempre cuenta chistes, este es el último que nos ha contado: ¿Qué le dice un pez a otro? Nada.

Chimp y Ferp lanzaron una carcajada, pero los chicos de Cimpa no decían nada.

«¡Qué chicos tan raros!», pensaban los tres amigos.

Jong siguió con las presentaciones:

—Este es mi amigo Chimp, es un gran imitador, imita cualquier sonido.

Y Chimp se puso a imitar una locomotora. A pesar de las presentaciones, los chicos de Cimpa seguían sin hablar.

—Ahora me toca a mí, me llamo Jong, y en matemáticas soy muy veloz.

—Saludos —respondieron los tres chicos a la vez—. Bienvenidos a Cimpa. ¿Queréis jugar con nosotros?

¡Qué alegría! Se habían hecho amigos. Siguieron sus pasos y llegaron a una casa cubierta de grafitis coloridos y vibrantes que contaban historias silenciosas en sus paredes. Ferp, Jong y Chimp quedaron impresionados. Siguiendo los pasos de la pandilla de Chimp, llegaron a la parte trasera de la casa donde encontraron un gran grafiti en blanco y negro lleno de letras y números que tenían que descifrar. Según iban descifrando el mensaje escondido entre los números y las letras, iba apareciendo poco a poco una figura extraña.

—Mirad —dijo Jong—… Creo que estamos a punto de descubrir una imagen que se va pareciendo a…

—¡UNICORNIO! —contestaron los tres a la vez.

Entonces se dieron la vuelta para contárselo a sus nuevos amigos, pero estos habían desaparecido. El dibujo del unicornio cobró vida de nuevo y les preguntó si querían teletransportarse a algún lugar y a coro respondieron…: «¡A CASA!».

Y así fue como Ferp, Jong y Chim volvieron a pasear por su bosque de castaños preferido.

GABRIEL ONETTI LARA

MI ESTUCHE MÁGICO Y YO

Un día me fui a la librería a comprar un estuche, se lo pedí a la dependienta por favor y me lo dio, le pagué y me fui a mi casa.

Ya en mi habitación, abrí el estuche y me encontré muchos lápices de colores. Se lo dije a mi madre y ella se sorprendió.

Después me lo llevé de nuevo a mi habitación, lo abrí y me encontré cinco gomas y tres lápices. ¡Era increíble, todo lo que necesitaba aparecía en mi estuche!

—¡Es un estuche mágico! —exclamé.

Más tarde, se lo presté a mi hermano para que lo comprobara. Él pidió cinco colores y cuatro bolígrafos, lo abrió y estaba todo lo que había pedido.

A la mañana siguiente, me fui al colegio y, al llegar, mis compañeros se quedaron asombrados cuando les expliqué lo de mi estuche mágico.

Fui a sentarme a mi sitio, pero me pararon y me dijeron que abriese mi estuche. Lo abrí y vieron que no había nada.

Me senté y pedí al estuche una goma y un lápiz, lo abrí y allí estaban.

Todos mis compañeros me empezaron a pedir el estuche. Pero cuando eran ellos los que le pedían cosas al estuche, no funcionaba, solo funcionaba cuando lo tenía yo, y solo funcionaba para mí o mi familia.

«¡Qué extraño fenómeno sucede cuando mis amigos piden cosas a mi estuche!», pensé mientras caminaba lentamente hacia mi casa. La emoción de mi descubrimiento se había transformado en una profunda intriga. Necesitaba encontrar una respuesta a ese enigma. Esa noche, me fui a la cama con el interrogante rondando en mi cabeza, sintiendo la necesidad de desvelar el secreto de mi estuche.

Cuando llegué a mi casa tomé una decisión: guardé el estuche para siempre.

HELENA SÁNCHEZ SANTIAGO

LOS PERAS

Esta es la historia de Helena y este es su grupo: LOS PERAS. El grupo está compuesto por: Valeria, Hugo, Noah, Laura, Estrellita, Nuria, Iris, Mateo, Juan y Martín. Vamos, un montonazo de gente.

Un día cualquiera, en clase dijo Valeria:

—Hoy es viernes, ¿vamos a salir?

Entonces contestó Hugo:

—¡¡¡Sí!!!

Aunque todavía les quedaba por delante un largo día de exámenes, el más temido era el de Cono, había mucho que estudiar.

—¡Ya es hora de irse a casa! —dije cuando vi que el tiempo había pasado muy rápido.

—Por fin —susurró Martín—. ¡Qué mañana más larga! Nos iremos a casa y haremos planes para el finde.

De camino a su casa se les ocurrió algo, ¡tuvieron una idea genial! Como estaban muy cansados de exámenes y clases, decidieron tomarse unos días de vacaciones e irse a Miami en avión con el dinero de todos, aunque también tuvieron que coger un barco para llegar a su destino.

Panificaron el viaje y se fueron solos y sin que sus padres se enteraran de nada.

Y de momento todo iba bien y tenían el presentimiento de que seguramente a partir de ese momento iba a ir mejor. Cuando llegaron a Miami, descubrieron que en ese lugar todo era gratis. Al principio no se lo creían.

De forma inesperada, se encontraron a Carolina, una antigua amiga del grupo que se había mudado hacía ya casi dos años a vivir a Miami con su familia.

¡No podían creer lo que estaban viendo!, su amiga Carolina de nuevo. Al verla, todos gritaron: «¡¡¡Carol!!!».

Ella se puso muy contenta y les presentó a su pandilla de allí. Pasaron toda la tarde jugando en la playa y patinando por el paseo marítimo.

A la hora de dormir, cada niño tenía su propia habitación, con jacuzzi y un espléndido balcón con vistas al mar.

Helena, en un momento de calma, les dijo a sus amigos:

—¿No creéis que debemos regresar a casa?

Pero el grupo de los Peras al completo dijo un NO como un camión y decidieron mudarse allí a vivir porque les gustó mucho y había demasiadas cosas divertidas.

¿TE LO CREES?, pues ellos tampoco. Esta es la historia que se inventó Helena antes de hacer el examen de Cono para que sus amigos se relajaran.

DIANA GARCÍA HIDALGO

UN DESFILE DE MODA

Había una vez una niña que vivía en una ciudad llamada Perfectín donde era muy conocida. Su madre se llamaba Sara y su padre, Antonio. La niña siempre pedía a su madre y a su padre que la llevaran a ver un desfile de moda acompañada por todas sus amigas, pues a ella le encantaba la ropa y sentía una gran pasión.

Pero su madre le dijo que ya estaba apuntada a gimnasia rítmica y que dejara un poco de lado la moda. Ella se puso muy triste, se fue para su cuarto y, entre lágrimas, se quedó dormida.

Al día siguiente, como todos los días, se levantó para ir al colegio y les contó a sus amigas su sueño de ir juntas a ver un desfile de moda. Al compartir su sueño esperaba apoyo y entusiasmo, pero, lejos de animarla, sus amigas le dijeron que ella no entendía de moda y que allí no pintaría nada.

—¿Por qué todos me alejan de mi sueño? Mis padres no quieren que deje la gimnasia rítmica, mis amigas dicen que no sé nada de moda. ¡No me entienden! —repetía una y otra vez la pequeña.

La maestra que veía algo triste a la niña se acercó a ella y le preguntó:

—¿Qué te pasa? ¿Por qué estás tan triste?

La niña se lo contó todo.

Sonó la campana, era hora de irse a casa.

Allí también estaban preocupados por ella. Su madre intervino diciendo:

—¿Qué te pasa, hija?

—Mamá, mis amigas me han dicho que no sirvo para el desfile de ropa.

Rápidamente, la madre reaccionó:

—¡Claro que sirves, hija!

Cuando llegó el fin de semana, toda la familia se disponía a visitar a sus abuelos en la ciudad, pero el viaje daría un giro completo, los padres habían preparado un viaje sorpresa para visitar la Mercedes-Benz Fashion Week Madrid.

Cuando la niña llegó sintió una emoción muy especial, ocupó el primer asiento del desfile y estuvo todo el tiempo disfrutando de los modelos que presentaban la colección primavera-verano. De repente, por los altavoces escuchó su nombre, no se lo podía creer. Pepino Chic el diseñador de moda, le pidió cerrar la pasarela desfilando junto a él.

La noticia salió en las redes sociales y sus amigas, que habían leído las publicaciones, hicieron un directo en Instagram con ella para disfrutar juntas de la experiencia.

Y antes de terminar una reflexión os voy a regalar: la tristeza inicial de la niña se transforma en alegría gracias al apoyo de sus padres y su propio talento en el desfile.

SOFÍA CORTÉS MACÍAS

UNAS VACACIONES MONSTRUOSAS

Teresa y sus padres iban a ir a una casa rural con sus amigos. Ella estaba muy contenta porque iba a pasar muchos días jugando a todas horas.

Era viernes, y Teresa y sus amigos, que iban todos al mismo colegio, estaban emocionados esperando que acabaran las clases, porque comerían rápido y partirían hacia Castilla y León, que era donde estaba la casa rural.

Al llegar, se pusieron a mirar todo lo que allí había. Era una casa muy bonita y grande, rodeada de mucha naturaleza.

A medianoche, los padres les habían preparado una yincana que consistía en una búsqueda del tesoro. Para llegar al tesoro tenían que encontrar varias pistas.

En la primera pista ponía «en un jarrón de flores» y ellos buscaron hasta encontrarlo. Allí vieron otra pista que ponía «es marrón y está muy rico». Y fueron a buscar el Cola-cao a la cocina. Pero al llegar allí lo que encontraron fue un monstruo gigante, que les persiguió hasta la casa de enfrente.

Los amigos, muy nerviosos, llamaron a la puerta y consiguieron que la vecina les abriera y así librarse del monstruo. Miraron por la ventana y vieron que ya se había ido.

Entonces, volvieron a su casa y en la puerta les esperaba otra pista que decía «en algún parque la deberás encontrar», así que fueron con mucho miedo al parque del pueblo y encontraron la pista en los columpios. La pista decía «debajo de una cama debes buscar».

Volvieron a la casa, se fueron a su habitación y miraron debajo de todas las camas hasta que debajo de una de ellas salió otro monstruo de tres ojos que les asustó mucho. Los niños huyeron como locos, pero el monstruo les alcanzó y, cuando lo miraron aterrados, se dieron cuenta de que era un padre disfrazado. Todos se echaron a reír. El papá les dio la siguiente pista, que decía «dentro de un reloj de pared la sorpresa encontrarás». Teresa y sus amigos sabían dónde buscar ya que solo había un reloj de pared en la casa, así que corrieron al salón.

Encontraron la pista dentro del reloj, la cogieron y la leyeron, en ella ponía: *«¡Disfrutaréis de una noche de pelis con palomitas!»*.

Ellos se pusieron muy contentos y se dieron cuenta de que hay que ser valientes para conseguir los objetivos.

CARMEN MAYO GALLARDO

UN DÍA CON AMIGOS

Esta es la historia de un grupo de amigos que un buen día decidieron ir a un parque de atracciones donde sucedió lo que os voy a contar. El grupo estaba formado por: Pepe, Francisco, María, Raquel, Ángel, Martín, Carmen y Manoli.

Se encontraban en la entrada del parque, esperando su turno. Allí, a Raquel se le ocurrió colar un montón de comida, aunque sabían que estaba prohibido. Entre los alimentos que pasaron había patatas Pringles sin gluten, porque una de las chicas era celiaca y a Manoli no le gustaba la comida con gluten. También pipas con sal, bebida etc. Vamos, mayormente chucherías.

Y ahora, os preguntaréis «¿cómo colaron la comida?». Pues, muy sencillo, trazaron un plan: María se hizo la desmayada y pedía ayuda: «SOS, help, aide, hilfe» en todos los idiomas que conocía para que los guardias le hicieran caso y, claro, con ese dominio de las lenguas lo consiguió.

Mientras María se hacía la desmayada y los guardias estaban con ella, los demás niños se colaron y exclamaron todos burlándose de los guardias: «¡Cabezas gordas! ¡Ja, ja, ja, ja!».

Los guardias se dieron cuenta y miraron para atrás, María rápidamente se fue corriendo y también les dijo: «¡Guardias tontos!». Y se rieron todos a la vez. Los guardias los persiguieron, pero los niños se montaron rápidamente en una atracción colándose de todo el mundo. Estaban ya montados en la atracción y venía una caída empinadísima. Pepe, Francisco y Raquel dijeron: «¡Ay, qué miedo!», y los demás al verlos se partieron de risa.

Se montaron en un montón de atracciones más. Llegó la noche, todos querían quedarse allí y lo hicieron. Los guardias estaban en turno de noche, pero no les pillaron.

Se quedaron allí toda la noche. ¡Lo pasaron genial! Y por la mañana se fueron sigilosamente como si nada hubiera sucedido.

Cuando regresaban en el autobús a su casa, Raquel empezó a sentirse mal, no por haber comido mucho, sino por la sensación de no haberse portado bien con los guardias. Entonces al día siguiente regresaron al parque, buscaron a los guardias y les pidieron disculpas. Ellos les dedicaron una sonrisa sincera y les invitaron gratis al parque.

L@s chic@s aprendieron que las travesuras, por muy pequeñas que sean, tienen consecuencias y pedir disculpas es siempre el camino correcto.

JAIME PÉREZ GONZÁLEZ

CHINCHAMPÚ Y EL DRAGÓN VOLADOR

Hace mucho tiempo, en la antigua China, cuenta la leyenda que vivía un señor muy mayor llamado Chinchampú. El anciano contaba que, cuando era pequeño, conoció a un dragón chino y esta es su historia.

Según Chincampú, a sus ocho años de edad fue a un templo con su familia. Al llegar quedó maravillado: el templo estaba repleto de estatuas antiguas, había emperadores y dragones de porcelana. De repente, Chinchampú tropezó y para no caerse se apoyó y tocó la estatua de un dragón. Entonces apareció el mismo dragón de la estatua, pero un poco más pequeño. El dragón tenía unas pequeñas alas en la espalda que le permitían revolotear por la sala del templo. Chinchampú se quedó embelesado mirando al dragoncito revolotear.

—Mira, mamá, el dragón de la estatua está aquí volando por mi cabeza.

Su madre, por más que miraba, no veía nada. En ese momento Chinchampú se dio cuenta de que él era el único que podía verlo. Desde ese día jugaba con él y se divertían como hermanos.

Cuando se caía o se ponía enfermo o estaba triste, le cuidaba y le contaba chistes para que se riera.

Un día, jugando por la ladera de una montaña, Chinchampú se enredó en unas matas y se cayó rodando, se hizo mucho daño y no podía levantarse. Cuando el dragoncito lo vio, fue volando hacia él y lo curó.

Desde aquel día el niño protegía mucho al dragón. Para Chinchampú el dragón era algo más que una criatura imaginaria, ya que veía en él un confidente, un compañero de juegos y, en esencia, un miembro más de su mundo personal.

JESÚS LEAL PATIÑO

EL HAMSTER COLORADO

Érase una vez un niño llamado Javier, que tenía un hámster de un color muy especial, era rojo. Le encantaba jugar con él y le había comprado muchos juguetitos para que se entretuviese en su jaula.

Pero, un día, se dio cuenta de que, cuando él se iba al colegio, su hámster se escapaba y no paraba de liarla por toda la ciudad, como cuando le metió un bago de maíz en la nariz al alcalde o cuando le tiró una piedra a la vecina de su abuela Catalina… Javier tenía la jaula reforzada, pero aun así se escapaba.

Preocupado por los problemas que pudiera causar su hámster, pensó en conseguirle una amiga hámster con la que pudiera jugar y entretenerse sin hacer travesuras. La hembra era de pelo negro y gris, con unos pequeños ojos brillantes y curiosos y aparentemente más tranquilos. Pero lo que no se esperaba Javier era que convirtiera a su amiga también en traviesa y ya eran dos liándola por el vecindario.

Seguro que os preguntaréis: «¿Qué podían hacer dos criaturas tan pequeñas fuera de su casa?». Pero un día, mientras Javier buscaba a los hámsteres, que habían vuelto a desaparecer de su jaula, los vio correteando por el jardín de la vecina, empujando pequeñas piedras con sus patitas e intentando trepar por las margaritas. Los vecinos, muy enfadados, decidieron contárselo al alcalde.

El alcalde quería acabar con los hámsteres, así que contrató a un grupo de exterminadores. Los exterminadores consiguieron capturarlos y justo cuando los científicos iban a hacer experimentos con ellos, apareció Javier y sus amigos, que sorprendieron a los científicos y los ataron, consiguiendo así rescatar a todos.

Los hámsteres aprendieron la lección y prometieron que nunca más serían traviesos.

LALIANA GORDILLO FERNÁNDEZ

EL CUMPLEAÑOS DE ANA

Era un viernes por la tarde, 14 de marzo. Ana estaba muy nerviosa porque era su cumpleaños. Ella había invitado a toda su clase y estaba muy ilusionada, ya que todos habían confirmado que irían.

La mañana en el cole se le hizo eterna, no veía el momento de escuchar el timbre que indicase que las clases se habían terminado.

A las seis, todos sus amigos empezaron a llegar.

La casa estaba preciosa, decorada con globos, guirnaldas, flores… y también le habían preparado una gran tarta.

Al cabo de una hora, llamaron a la puerta. Era un hombre que decía llamarse Samuel y que era un científico. Ana le preguntó qué hacía allí, en su cumpleaños. Lo que ella no sabía es que a Samuel lo habían llamado sus padres.

En ese momento, apareció en la puerta de su casa una cápsula parecida a una nave espacial. Samuel, el científico, les explicó a todos que era una cápsula del tiempo y que, si se atrevían a montarse en ella, iban a vivir la mejor aventura que jamás hubieran experimentado.

Les explicó que primero irían al universo de los dulces donde podrían comer y disfrutar todo lo que quisieran. Después, irían al mundo de los dooplis, unos pequeños animalitos saltarines. Y, por último, pero no menos importante, irían a Dinosaurolandia, donde los dinosaurios más inteligentes tenían alas y podían llevarlos volando entre las nubes.

A todos les encantó la idea y decidieron montarse en la cápsula del tiempo. Vivieron todas las aventuras que les explicó Samuel y, después de un buen rato, volvieron a casa. Cuando llegaron, no podían dejar de parlotear y de contarles a sus padres todo lo que habían vivido. Sin duda, este cumpleaños había sido el mejor cumpleaños del mundo.

Ana se dio cuenta de que todo era un sueño hecho realidad.

DIANA LÓPEZ GRÁGERA

LA ISLA DE LA AMISTAD

Un buen día, mi mejor amiga y yo quedamos para hablar sobre cómo era nuestra amistad porque era lo más grande que uno puede tener. Mi amiga era bajita, ojos verdes, pelo largo y se llamaba Mónica.

Yo le comenté que al principio siempre estábamos superunidas como siempre había sido, pero poco a poco y después de unos meses se fue alejando de mí, ya no éramos las de antes, yo notaba que estaba superrara y no hablábamos casi de nada.

Me enteré de que tenía otras amigas, pero eso me daba igual porque ella era libre. Pero lo peor de todo y que me hizo sentir muy mal fue que hablaba cosas muy feas de mí y hasta ¡se inventaba cosas mías!

Me fui de allí muy enfadada y cuando ella se enteró de cómo yo me sentía, me pidió perdón. Yo la perdoné y volvimos durante un tiempo a ser las de antes… Pero un buen día y sin venir a cuento otra vez me traicionó. En esta ocasión hasta me humillaba en la cara y, aunque la ignoraba, yo me sentía muy triste y sola porque perder a la persona que piensas que es tu amiga de verdad es muy duro.

Después de mucho tiempo conocí a un grupo de nuevas amigas. Ellas desde el primer momento me ayudaron y juntas nos defendíamos de todo lo que nos sucedía.

Éramos una pandilla de siete chicas y ocho chicos y todos nos llevábamos muy bien. Nos gustaba organizar fiestas de pijamas y salir todos juntos los fines de semana. Solíamos ir al parque, al campo y a las tiendas de chuches para comprar lo que nos gustaba, aunque siempre acabábamos con dolor de tripa.

Esta historia que me sucedió a mí te enseña que lo importante no es el tiempo que pasas con las personas, sino cómo te tratan y te hacen sentir.

JAVIER REDONDO SUÁREZ

EL APOCALIPSIS ZOMBI

Érase una vez en una clase de quinto de primaria, un día normal y corriente estaban dando matemáticas y, de repente, el colegio se quedó sin luz y la sirena de emergencia sonó por todo el pueblo.

—¿Qué ha pasado? —se preguntaban los niños y las niñas con cara de miedo y muy asustados.

—Se trata de un apocalipsis zombi —dijo Javier, y añadió—: Mi abuelo me ha contado que, ayer por la tarde, su gato Tim estaba muy nervioso, correteaba por toda la casa, se escondía debajo de los muebles… y cuando los gatos actúan así es porque huelen el peligro.

Ante la amenaza y con mucho miedo, todos salieron corriendo menos un grupo de niños que se entretuvieron en recoger sus materiales y no les dio tiempo salir. Se trataba de un grupo de 10 amigos y amigas: Ángel, Jesús, Sara, María, Jaime, Antonio, Raquel, Uge, Daniel y Marta. Ellos decidieron acampar en el colegio y aquella decisión les olía a aventura de misterio. Primero se dispusieron a acercarse a la conserjería del colegio para coger linternas y comida.

Después tomaron la determinación de acampar en la biblioteca. Ángel se acostó en el puf, Sara en el suelo, Jesús se tumbó sobre la mesa, María se acomodó en una silla y los otr@s se acostaron en el suelo. Al día siguiente, Ángel se fue a lavar la cara en el grifo del baño del cole, pero el agua salía muy muy verde y espesa. Entonces, Ángel se asustó tanto que salió corriendo a decírselo a los otros.

Al mediodía no tenían nada para comer, así que planearon salir del colegio para ir a la panadería, pero era muy peligroso, ya que todo estaba lleno de zombis. Lo echaron a suertes para ver quién iba y le tocó a Daniel. Daniel se armó de valor y salió corriendo a cumplir la misión, ¡había sido el elegido! Por sorpresa de tod@s sus compañeros y compañeras, llegó impecable a la panadería: «Objetivo cumplido», se dijo muy satisfecho. Sin embargo, el regreso al cole no resultó tan fácil. Trazó un plan algo arriesgado, decidió trepar por la verja del patio trasero, pero, cuando empezó a subir, fue atrapado por un zombi. Sus compañeros se sintieron mal, no podían hacer nada, solo les quedaba esperar. Presos del miedo, se quedaron paralizados hasta que a lo lejos escucharon un ruido que cada vez se hacía más intenso: era el helicóptero de rescate que había venido a salvarlos. Los zombis huyeron disolviéndose entre el polvo que levantaban sus hélices. ¡Por fin pudieron salir! El APOCALIPSIS ZOMBI había sido una terrible pesadilla. ¡FIN!

CAROLINA LAPIE DURÁN

NO ESTÁS SOLO

Hace mucho, mucho tiempo, hubo una explosión nuclear a nivel mundial.

Había una niña de Colombia que no se sabe cómo sobrevivió a aquel hecho. Llevaba tres años sola, alimentándose de restos y sobras. Se aburría constantemente, soñando con la esperanza de que quedara alguna persona, o al menos algún mosquito… Pero no, estaba sola.

Un día de verano, la niña, tirada en un trozo de cartón, oyó una voz muy aguda diciendo: «¿Hay alguien aquí?». Al oír esas palabras, se levantó corriendo con la esperanza de encontrar a alguien y buscó con ilusión guiada por la voz. Después de un rato buscando, notó un empujoncito en la pierna derecha. —¡Aquí abajo! —gritaba la vocecita.

Cuando la niña miró para abajo vio algo rarísimo, era como una especie de monstruo humano. La niña, feliz, le sonrió y le hizo todo tipo de preguntas:

—¿Quién eres? ¿Cómo estás vivo? ¿Quieres ser mi amigo?

El monstruo mareado le respondió:

—Soy Unax, un unaxmano. No sé cómo estoy vivo, pero me alegro y… ¡Sí!, si quiero ser tu amigo.

El tiempo pasó. Unax y la niña eran uña y carne, hacían de todo juntos: viajaban, jugaban, investigaban, reían…

Un día de invierno, los dos fueron a explorar lo que había quedado del planeta y Unax encontró algo. Llamó a su amiga y los dos a la vez gritaron: «¡UN PORTAL!».

En la entrada había un hermoso cartel de nubes de caramelo que les daba la bienvenida. Se oían voces de niños y una suave música de tiovivo. Entraron y encontraron un país de fantasía, un mundo de caramelo, colorines, diversión y alegría.

Allí vivían los Nubis Dubis, unos monstruos de chocolate supergraciosos, quienes les invitaron a vivir en aquel lugar con ellos y VIVIERON FELICES PARA SIEMPRE.

JOSÉ ANTONIO BORREGO INFANTE

VALENTÓN: EL HOMBRE QUE LUCHÓ CON UN GIGANTE

Cuenta una leyenda que había un hombre muy valiente. Para él, cada pelea suponía un reto. A lo largo de su vida peleó con tiburones muy grandes, dragones gigantes, diez tigres dientes de sables, peleo con el diablo y los volcanes furiosos.

Siempre elegía a los más peligrosos, quería sentir lo que era el miedo, pero por más que buscaba no encontraba nadie ni nada que le hiciese temblar, hasta que un día llegó un gigante colosal de titanio y obsidiana con un hacha de obsidiana y una katana de titanio.

Valentón se preparó para la lucha. Al principio de la pelea a Valentón le entró una risa nerviosa que no le dejaba parar. El Gigante le miraba muy enfadado y con pocas ganas de reír.

—¡Valentón! Tómate en serio la lucha, no estamos para bromas —gritó el juez.

Entonces Valentón tomó aire y sopló sobre el gigante como si este fuera una vela de cumpleaños, y el gigante ni se inmutó, le agarró la mano, le dio un apretón y le agitó como un molinillo de viento. Más que una pelea parecía que bailaban merengue. El siguiente movimiento fue sacar el hacha, pero tal y como la sacó se la quitó el gigante y se puso a bailar con ella, lo que demostró una vez más su superioridad.

Valentón, un poco aburrido, abandonó el combate y se fue muy triste a su casa. Allí montó un gimnasio con todo tipo de artilugios para entrenar y ganar más fuerza y sobre todo habilidad. El gigante, por su parte, buscó ayuda en su hermano, que estaba hecho de oro recubierto de plata, y dedicó su tiempo a entrenar duro.

Cuando ya estaban preparados se enfrentaron de nuevo. Ahora el gigante quería medirse las fuerzas con Valentón, pero este lo primero que hizo fue lanzarse a bailar una rumba flamenca. El gigante le miró con sorpresa y se enfadó muchísimo porque quiso imitarle y no podía, lo que le desconcertó gravemente. La segunda estrategia de Valentón fue saltar como una pelota saltarina y tan pronto aparecía delante del gigante como detrás, otras veces daba dos o tres saltos mortales en el aire y volvía a caer delante del gigante. La gente que veía el combate se desternillaba de risa, no podían más, Valentón se había convertido en un saltimbanqui y el Gigante se desesperaba cada vez más; tantos días de duro entrenamiento para ser fuerte e invencible no habían servido de nada.

Fue entonces cuando el juez gritó:

—FIN, el combate ha terminado, ya tenemos ganador. Valentón ha medido su habilidad con la fuerza del coloso gigante y ha vencido.

Los periodistas que allí se encontraban dieron el siguiente titular: «Un combate colosal, donde la disparidad de fuerzas se ha resuelto de una manera inesperada y humorística, transformando una posible confrontación en una escena divertida».

MARTÍN MONSERRAT LAVADO

LA ZOMBI Y EL HOMBRE

Había una vez, un pueblo muy pequeñito de Norte de América. Allí vivían Pablo y sus amigos.

Una noche decidieron ir a un cementerio para jugar al escondite nocturno. Cuando Pablo se escondió detrás de una tumba, se tropezó con una zombi. Pablo se asustó mucho y salió corriendo. La zombi lo paró y le dijo que no tuviese miedo de ella, porque era una zombi buena. Pablo se tranquilizó y le preguntó cómo se llamaba. Ella se presentó y le dijo que se llamaba Charli.

Cuando Pablo se presentó le dio dos besos a Charli. Ella sintió un escalofrío por el cuerpo. Charli se dio cuenta de que se había enamorado de Pablo al instante. Él no se había dado cuenta de los sentimientos de la joven zombi. Así que se hicieron amigos y se veían todas las noches un ratito para jugar.

Con el paso del tiempo, Pablo también empezó a sentir mariposas en el estómago cuando estaba con Charli, se estaba enamorando. Aceptar ese sentimiento fue muy duro para Pablo, no se había visto nunca un amor igual.

Pablo no se atrevía a decirle nada a su amiga, pero un día se armó de valor y le preguntó si quería ser su novia. Charli se puso muy contenta y le contestó que sí.

Cuando se lo dijeron a sus amigos, no se lo podían creer. No entendían que un hombre de carne y hueso se pudiese enamorar de una zombi. Pero a ellos no les importaba lo que pensara la gente.

—La gente siempre tendrá algo que decir —comentaba Pablo—, pero, al final, lo único que importa es nuestro amor y lo que sentimos.

Y así Pablo y Charli continuaron su historia de amor sin importarles las miradas curiosas de los demás. Su amor había trascendido las barreras de la vida y la muerte.

Después de un tiempo, pensaron en casarse y sus amigos, muy contentos por su decisión, les prepararon una gran fiesta.

Y… FUERON FELICES PARA SIEMPRE.

BELLA

En un establo del rancho Felicidad, entre pajas y escombros, nació la yegua más bella de las bellas y, nunca mejor dicho, la llamaron Bella.

La raza de su padre era Hispanoárabe y la de su madre Tres Sangres. El rancho estaba en una urbanización de ricos, claro que el dueño era rico. Los dueños de caballos y yeguas de raza los llevaban a muy buenas carreras. Entonces, conforme Bella fue creciendo, empezó a correr. Al principio no era buena en ese deporte, pero luego se volvió una yegua corredora Multinacional de origen español quedando clasificada en las siguientes carreras:

- Premio a la séptima mejor campeona Internacional.
- Premio a la sexta mejor campeona Internacional.
- Premio a la quinta mejor campeona Internacional.
- Premio a la cuarta mejor campeona Internacional.
- Premio a la tercera mejor campeona Internacional.
- Premio a la segunda mejor campeona Internacional.

El tiempo pasó y Bella tuvo una larga preparación para esa carrera tan importante que, si la ganaba, quedaría como la primera yegua Internacional.

Llegó el día de la carrera, todos estaban nerviosos, pero sobre todo Bella, ya que competía contra los caballos más importantes del mundo.

Empezó la carrera. Bella iba la última, pero poco a poco fue remontando, ¡la carrera estaba superemocionante! Bella iba la primera, pero en la última curva se cayó al suelo y se rompió la pata. Por este motivo, su dueño rico ya no la quería y pensó en abandonarla en el campo. Afortunadamente, un trabajador del señor rico se la llevó y, tras unos largos meses de recuperación, Bella se encontraba en plena forma. A la hija del trabajador, le empezó a gustar la yegua y la quería montar, pero su padre le dijo que no podía porque Bella había tenido una grave lesión y, aunque había mejorado mucho, todavía no estaba lista.

Tras dos años de espera, le dejaron montarla y la yegua corría por la inercia de sus carreras. Fue entonces cuando la familia decidió volver a llevarla a la carrera.

Comenzó corriendo muy flojito, pero luego, no se sabe cómo, en la última curva donde se cayó adelantó a todos los caballos y quedó clasificada como primera campeona Internacional. Por fin Bella cumplió su sueño.

MARCOS ALFONSO SÁNCHEZ

LA GRAN IDEA DE ALBA

Alba era una niña que sacaba buenas calificaciones en todas las asignaturas. Le gustaba mucho estudiar y no tenía pereza para hacer los deberes.

Después de haber hecho el examen de Matemáticas, se sintió muy relajada y contenta y esperaba sacar buenos resultados. Cuando por la mañana llegó al colegio, el maestro no tenía muy buenas noticias para ella.

—Alba, ¿qué te ha pasado? Este examen no lo has superado.

—¿He suspendido, maestro? —preguntó Alba y salió corriendo del colegio.

Por el camino, cogió el examen y lo escondió debajo de unas rocas para que nadie lo viera. Al llegar a casa, su madre le preguntó:

—¿Qué tal el examen?

—Bien, mamá —contestó Alba, y todo transcurrió con normalidad en casa.

Al día siguiente, cuando la mamá de Alba salió a hacer footing, se paró a descansar en unas piedras y, mirando hacia el suelo, se dio cuenta de que había un papel asomando debajo de las piedras. Tiró de él y encontró en examen de su hija.

—¡Oh! ¿Pero qué es esto? Es el examen de Alba. ¡Qué disgusto más grande!

La mamá se hacía mil y una preguntas.

Cuando llegó a casa, le preguntó de nuevo por el examen, pero la niña salió corriendo y pensó en marcharse de casa. Entonces se encontró con su maestro que, al verla tan asustada y nerviosa, intentó tranquilizarla. Le explicó que huir no era la solución y que enfrentar los problemas, aunque diera miedo, era la forma de superarlos. La niña, con el corazón aún latiéndole rápido, escuchó las palabras de su maestro.

—¿Sabes? —le dijo el maestro con una leve sonrisa—. A veces los problemas son como monstruos debajo de la cama. Dan mucho miedo desde lejos, pero cuando te acercas y los miras bien, te das cuenta de que no son tan terribles como parecían.

Finalmente, con la voz temblorosa, la niña preguntó:

—¿De verdad crees que no debo huir?

El maestro respondió:

—Estoy seguro, habla con tu madre, ella lo entenderá y te ayudará.

Cuando Alba regresó a su casa, le dio a su madre el abrazo más fuerte que nunca había dado y a su madre no le hizo falta más, con ese precioso gesto de su hija lo entendió todo.

ROCÍO JAREÑO CABEZAS

AQUELLA NOCHE DE HALLOWEEN

Era el día de Halloween, y Samantha, una niña de Estados Unidos que vino a vivir a España hace dos años, fue a pedir truco-trato con su pandilla. A ella y a sus amigos les encantaba este día, siempre se disfrazaban de algún personaje monstruoso. Se divertían mucho, yendo de casa en casa, pidiendo caramelos.

Ese año no iba a ser diferente, cuando dieron las siete de la tarde quedaron todos en casa de Helena, su mejor amiga. Todos estaban emocionados y muy nerviosos porque la noche de Halloween les daba un poco de miedo.

Cuando ya llevaban un buen rato llamando de puerta en puerta, algo les llamó la atención. A lo lejos, en una de las últimas casas de una larga calle, vieron una sombra. Todos corrieron hacia la casa para investigar.

Samantha se acercó a la puerta y preguntó:

—¿Hola, hay alguien ahí?

De repente, cayó fulminada al suelo. Al despertarse, se encontró en un lugar muy peculiar, parecía una nave espacial, y una voz le dijo:

—Hola, Samantha, te estábamos esperando.

Ella, tartamudeando, dijo:

—¿A mí? ¿Por qué? —La voz era terrorífica, Samantha estaba muy asustada, no entendía nada. Vio algo extraño escondido detrás de lo que parecía una silla, y le preguntó a la voz—: ¿Qué son estas criaturas?

La voz le contestó:

—Son jipios, unas criaturas del espacio, y te hemos traído aquí porque no están en su hábitat natural y solo tú puedes ayudarnos a devolverlas a su casa.

Samantha, sorprendida, preguntó:

—¿Y cómo puedo ayudar?

La voz misteriosa le enseñó un vídeo de un Tiburón Megalodón que estaba en las catacumbas de París. Samantha lo entendió todo, su hermana era una protectora de animales en París y tenía que pedirle que les dejase al Megalodón para asustar a los extraterrestres y que volvieran a su planeta.

Samantha llamó a su hermana y ella les ayudó. Les dejó que utilizaran al Megalodón para asustar a los jipios y así poder salvar a la humanidad. Cuando todo se resolvió, de repente, Samantha volvió a caer desplomada al suelo y se despertó en la misma casa donde había visto la sombra.

Sus amigos estaban asustados buscándola. Ella les contó todo lo sucedido, pero sus amigos no la creyeron, pensaron que se lo estaba inventando todo para asustarlos. A Samantha le daba igual que no la creyeran porque, gracias a ella y a su hermana, habían salvado a la humanidad.

DANIEL IONUT BANICA

EL ASTRONAUTA

Había una vez un universo donde no había emociones, pero te preguntarás: «¿Cómo sé que existe este universo?». Pues verás.

Cuenta la historia que había un niño que quería ser astronauta, pero las posibilidades que tenía eran muy pocas por la situación económica por la que estaba pasando su familia.

Él estaba en un colegio muy estricto. Cada vez que un alumno cometía algún error se quedaba tres días sin recreo. El niño ya estaba cansado de estar en una escuela tan rígida, así que sus padres le cambiaron de colegio.

El primer día que fue a su nueva escuela se enteró de que por cada cosa que hacía bien te daban 10 €, entonces él vio la oportunidad de lograr su sueño estudiando mucho y esforzándose todo lo que podía.

Se matriculó en la carrera de Astrofísica en la universidad de Lilianápolis. Allí aprendió inglés, pues un segundo idioma ayuda mucho para tener un futuro brillante. Se pasaba las vacaciones y los fines de semana estudiando, tenía que ser el número uno de su promoción.

Pasaron diecisiete años, el niño ya era un adulto, había finalizado sus estudios de Astrofísica con el mejor expediente y se había convertido en una persona muy importante en la NASA.

Desde allí le enviaron a cubrir una misión muy importante que consistía en descubrir un universo nuevo al que llamaban «el universo sin emociones». Su misión era clara: explorar ese lugar extraño y describir con el mayor detalle su naturaleza. Debía observar su geografía, sus posibles habitantes, sus leyes físicas y, sobre todo, la ausencia de emociones.

El niño, ya convertido en adulto, sentía allí un vacío enorme, estaba como desconectado, y en ese estado de vacío se dio cuenta de lo fundamental que eran las emociones para dar color y significado a la vida. Sin ellas, todo se volvía monótono y sin propósito.

Entonces cogió un cohete, se preparó y despegó de nuevo hacia la NASA con ganas de sentir de nuevo las emociones, incluso aquellas que a veces dolían.

El niño se había convertido en un gran astronauta y había cumplido la misión más importante de su vida: vivir las emociones. ¡Logró su sueño!

VALERIA COLLADO SERRANO

LA NOCHE DE NAVIDAD

Era Nochebuena y Paula y su hermana Alicia planearon descubrir a Papá Noel. A Paula, se le ocurrió que cuando todos durmieran, las dos se esconderían detrás del mueble del salón.

Por la noche, su madre las llamó para que se reuniesen con su familia a cenar todos juntos. Fue una velada muy divertida. Toda la familia disfrutaba de las cosas deliciosas que habían preparado mamá y la abuela, mientras que el abuelo cantaba villancicos y sus primos pequeños reían y tocaban la pandereta muy animados.

Después de cenar, todos regresaron a sus casas. Papá y mamá nos mandaron a la cama y ellos también se acostaron. Entonces, comenzó el plan de las hermanas para cazar a Papá Noel. La madre les dijo a Paula y a Alicia que se fueran a dormir porque pronto vendría Santa Claus. Ellas obedecieron y se fueron a la cama sin protestar.

Cuando su madre se quedó dormida, las hermanas salieron de sus camas, bajaron al salón y se escondieron detrás del mueble como habían planeado.

Eran las cinco de la madrugada cuando empezaron a escuchar ruidos por la ventana. Las hermanas se acercaron a ella y, de repente, ¡vieron a Papá Noel!

—¿Papá Noel? —dijo Paula, llamándolo incrédula.

Las niñas no se lo podían creer. Papá Noel estaba allí, en su casa, dejando regalos para toda la familia.

Papá Noel se sentó y se puso a hablar con ellas. Les dijo que no podían estar levantadas, que él no podía pararse a hablar con los niños en todas las casas porque tenía mucho trabajo que hacer esa noche y que, si querían ver sus regalos a la mañana siguiente, tendrían que irse a la cama y dormirse rápidamente. Y les dijo que, la próxima vez, tendrían que estar dormidas, si no, no habría regalitos.

Por lo tanto, ya sabéis, niños, tenéis que estar dormidos porque, si no, Papá Noel no os podrá dejar vuestros regalos.

MARÍA GUISADO BÉJAR

LA PÉRDIDA DE MARIO

Cuentan en un cuento que a un niño llamado David, un niño muy guapo y listo, le encantaba el colegio y quería un montón a sus compañeros y maestros. Un día para final de curso, hicieron una excursión a Madrid. Al llegar al hotel se sorprendieron de lo grande que era. Colocaron las maletas y mochilas en el recibidor y se dirigieron a coger las llaves de sus habitaciones. Entre tanto alboroto, nadie se dio cuenta del despiste de su amigo Mario hasta que los maestros, al pasar lista, descubrieron que había desaparecido. Comenzaron a buscarle por el hotel, bajaron al parking, subieron a la terraza, abrieron los baños…, pero ni rastro de Mario.

Todos se preocuparon muchísimo, pero David de forma especial porque pasaban las horas y Mario no aparecía. Entonces decidieron buscarlo fuera del hotel, por parques, bares, discotecas, hoteles e incluso en casas particulares.

Pasó la primera noche y ni rastro de Mario. A la mañana siguiente después de desayunar comenzaron de nuevo la búsqueda. Junto a ellos iba Pepón, el conductor del autobús, un tipo musculoso, divertido y bromista que llevaba un llavero con un Ferrari, pues era muy aficionado a los coches de carreras. Como Pepón los vio tan preocupados se unió a la búsqueda.

Trascurría la mañana y Mario no aparecía. Entonces Pepón les dijo:

—Chicos, voy a bajar al autobús, que he olvidado el cargador del móvil.

Cuando Pepón abrió el autobús, se llevó una gran sorpresa. Allí, acurrucado en uno de los asientos traseros, con la PSP entre las manos y la cabeza ladeada, dormía profundamente Mario. Se había quedado dormido en su mundo virtual, ajeno a la preocupación de sus compañeros.

Pepón se llevó una gran sorpresa, cogió al niño y lo subió al comedor del hotel. Aquella mañana fue una gran fiesta, Mario había aparecido y tenía mucha hambre. David, su mejor amigo, se puso también muy contento, pero a la vez se enfadó bastante con él.

—¡Mario! —exclamó David—. ¿Dónde te habías metido? ¡Estábamos todos muy preocupados! ¡Pensábamos que te habíamos perdido!

Mario, con la boca llena de tostadas, miró a su amigo y dijo:

—Lo siento, David. Me quedé jugando con la PSP y... me dormí. No me di cuenta de que habíamos llegado.

—¡Pero Mario! Sabías que teníamos que estar todos juntos al bajar del autobús. ¡Podría haberte pasado algo! ¡Podrías haberte quedado solo!

Pepón, que observaba la escena, se acercó y puso una mano en el hombro de David.

—David tiene razón, Mario. Ha sido una imprudencia. Podría haber sido peligroso.

Mario bajó la mirada, avergonzado.

—Lo sé. Lo siento mucho. No volverá a pasar.

AARÓN MORENO DÍAZ

UN SUEÑO MONSTRUOSO

Había una vez, unos hermanos llamados Carlos y Javier. Fueron con sus padres de vacaciones a una casa en la montaña.

Cuando llegaron, vieron que tenía una decoración peculiar. Había cantidad de objetos religiosos, cruces, santos colgados por todos lados…, como si la casa estuviera encantada y tuviese que defenderse de algunos espíritus.

A la hora de comer, la madre puso la comida a sus hijos y, de repente, vieron cómo el plato se movía solo. Los niños, muy asustados, se lo dijeron, pero ella no les creyó. Los hermanos siguieron insistiendo, pero no la convencieron.

Entonces, Carlos y Javier vieron cómo se movía un cuadro. Muy asustados, echaron a correr para salir de allí, pero la puerta se les cerró en la cara.

Los hermanos intentaron abrir la ventana para escaparse, pero no pudieron, porque la ventana estalló en mil pedazos quedando el hueco totalmente taponado.

Ellos se desmayaron del susto y cuando se despertaron estaban en una habitación oscura.

De repente, sonó un ruido, abrieron bien los ojos para ver qué era y vieron a un monstruo que parecía querer comérselos.

Aterrados, corrieron por toda la casa y, por fin, encontraron una puerta, la abrieron y corrieron sin mirar atrás, cuando de pronto se dieron cuenta de que habían llegado a un pasillo sin salida. Los niños estaban muy asustados porque el monstruo los iba a alcanzar. Estaban atrapados, sin salida, no podían hacer nada.

Cerraron los ojos, se agacharon y cuál fue su sorpresa cuando sintieron cómo una mano les acariciaba. Era el monstruo, que los estaba consolando, porque en realidad era un monstruo Superhéroe, que los cogió en brazos y de una patada tiró la pared y los sacó de allí.

Todo parecía haberse solucionado, cuando una luz cegadora los despertó. Era su madre, que había abierto las ventanas de par en par para despertar a los dos hermanos para irse a la casa de la montaña.

Fue entonces, cuando Carlos se dio cuenta de que todo había sido un mal sueño. Aunque le entró un escalofrío al pensar que tenía que irse a aquella casa después de lo que se había soñado.

BELÉN GUERRERO GONZÁLEZ

EL CASTILLO ENCANTADO

Hace mucho tiempo, en un castillo encantado, vivía una familia a la que llamaban *los Brujos*. Era una familia muy extraña, tenía unos superpoderes especiales. No necesitaban varitas mágicas ni conjuros complicados. Su magia residía en la intensidad de su mirada. Con solo mirar fijamente a los ojos de quienes tuvieran enfrente, podían influir en sus pensamientos, despertar sus miedos más profundos, controlar sus acciones con un gran poder de transformación.

A pesar de sus poderes, los brujos vivían apartados, manteniendo una distancia prudente con los habitantes del lugar. Sabían que su poder era también fuente de desconfianza y temor. Solo en raras ocasiones bajaban al pueblo, generalmente para intercambiar hierbas y provisiones.

Un día de otoño en el que las noches empezaban a ser más largas, un grupo de amigos fueron a visitar el castillo y se quedaron encerrados porque se hizo de noche enseguida y cerraron muy pronto.

Estaban todos muy asustados porque no podían salir por ninguna parte, pero de repente encontraron algo que les sorprendió mucho. Por el castillo aparecieron seres extraños: animales como un mapache, un perro, un lobo, un coyote, gatos por todas partes… Ellos, que esperaban ver y cruzarse con la mirada de los brujos, quedaron muy extrañados.

Mientras transcurría la noche, se dieron cuenta de que esos animales extraños en realidad eran la familia de los brujos, que se habían transformado para evitar que los niños los abandonaran.

Se conocieron y se hicieron amigos de todos ellos y planearon una minifiesta. Se lo pasaron genial y la noche transcurrió sin que casi se diesen cuenta. De lo que tampoco se dieron cuenta es de que ellos dejaron de ser niños y se convirtieron en otro tipo de animales y seres fantásticos: un unicornio, una princesa india, pequeños dragones, etc. ¡Habían sido hechizados!

Esto sucedió porque, con la mirada, la familia de brujos que vivió en ese castillo convertía a todo el que entraba en seres diferentes y se quedaba atrapado allí.

Todos dejaron de ser niños hasta que, misteriosamente, alguien consiguiese romper el hechizo.

PAOLA BENÍTEZ QUINTANA

LOS NUEVOS AMIGOS

En un colegio muy lejano, de un lugar que no quiero nombrar, trabajaba Juan Pimienta, un maestro muy aburrido que cazaba moscas de forma manual en sus explicaciones y luego las coleccionaba en una caja de cristal. Un día, Juan Pimienta estaba explicando y los alumnos estaban tan distraídos y aburridos que empezaron a tirar papelitos, con tal puntería que a Juan Pimienta le dio uno en la cabeza. El maestro se enfadó tanto que decidió mandarles un trabajo diferente y ejemplar: debían ponerse con un compañero con el que no habían trabajado nunca. Juan Pimienta sabía muy bien con el compañero que pondría a cada niño y empezó a hacer las parejas: Ferrán pareja con Luna, y eso a Luna no parecía hacerla muy feliz, pero era lo que tocaba. Por otra parte, Ferrán estaba callado y muy enfadado.

Cuando terminó el día, Ferrán se fue a su casa muy enfadado y cuando llegó se lo contó a su madre:

—Mamá, es injusto que solo nos ponga el maestro un trabajo a Luna y a mí cuando hemos estado todos implicados en el juego de *tiroelpapel*.

Esa aclaración no parecía importar mucho a la madre de Ferrán.

Por la tarde, Ferrán llamó a Luna para quedar y hacer el trabajo y la niña decidió que lo hicieran en su casa. Ferrán nunca había ido a la casa de Luna y no sabía muy bien el camino, pero, siguiendo las indicaciones de la niña, llegó en menos de diez minutos y comenzaron a hacer el trabajo. Luna ponía todo su empeño en hablar con Ferrán, pero él la ignoraba por completo. Luna, enfadada, le dijo:

—¡Si no te importa la conversación y te aburro dímelo!

Ferrán, asustado por el grito de Luna, le pidió perdón.

Luna se tranquilizó y le perdonó.

A la mañana siguiente, Luna se llevó el trabajo a clase. El maestro les puso un sobresaliente, pero en el trabajo grupal les puso un cero. Fue entonces cuando Ferrán se dio cuenta de que había hecho daño a Luna y le pidió salir esa tarde al parque. Luna aceptó, aunque un poco enfadada. A las cinco en punto se encontraron los dos niños en el patio. Empezaron a hablar del colegio, de los amigos, de sus cantantes favoritos, sus mascotas, etc. Pasaron una bonita tarde, hasta que Ferrán dijo:

—Me tengo que ir.

Luna pregunto por qué, Ferrán no respondió y se fue.

Al día siguiente, Ferrán sorprendió a Luna con un bonito ramo de flores. El maestro, al ver ese maravilloso gesto, les puso un sobresaliente en trabajo grupal. Desde entonces, Luna y Ferrán se convirtieron en grandes amigos y se enamoraron por siempre.

MANUEL ESTEBAN GIJÓN

EL NIÑO QUE QUISO SER REY

Érase una vez un niño que desde siempre quiso ser rey.

Un día, al niño se le ocurrió ir a cumplir su sueño. Entonces, le preguntó al rey del reino donde él vivía:

—¿Usted me nombraría rey?

Y el rey le respondió:

—¿Tú? ¿Ser rey? Eres demasiado joven. —Y con tono despectivo añadió—: ¡Vete de mi vista!

El niño se fue a su casa, entró al desván y se puso una corona de papel. Después dijo:

—Voy a ir otra vez y no voy a salir de allí sin ser rey cueste lo que cueste.

De nuevo fue al reino y, cuando se encontró delante del rey, este le dijo:

—Mira, si quieres poseer el trono, tendrás que luchar contra mi mejor caballero y ganar el combate.

El rey lo dijo de broma para que no insistiera y regresara asustado a su casa, pero inesperadamente al niño le pareció una idea estupenda.

—¡Acepto! —dijo el niño—. Dame una espada y una armadura y me enfrentaré a ese caballero.

Cuando entró al palacio, vio que allí había un coliseo mediano. En el centro de este lugar, el caballero lo esperaba tranquilamente sabiendo que todo era una broma, pero… él lo sorprendió, lo atrapó y lo derrotó.

Cuando el rey vio lo que allí había sucedido se quedó boquiabierto y muy muy sorprendido:

—Verdaderamente este chico es un verdadero héroe merecedor de una corona.

Fue entonces cuando le tuvo que dar la corona al niño, pero le puso una condición: que protegiera el reino hasta que fuese mayor de edad y tuviese 18 años.

Y colorín colorado, el cuento del niño que quería ser rey se ha acabado.

Moraleja: si insistes, puedes hacer lo que desees.

RAQUEL MARTÍN RIOLA

LA CABEZA DE MARIO

Un día cualquiera, Mario, como de costumbre, estaba jugando con sus coches de carrera cuando de repente se desmayó. Cuando se despertó parecía que no estaba en el planeta Tierra. Había casas del revés, seres mitad animal mitad humano, coches con tres ruedas y semáforos musicales. Paseando por el lugar, encontró una casa que en vez de puertas tenía solo ventanas. Vio una abierta y allá que se coló. En la una casa vivía una familia muy numerosa con muchos hijos y los abuelos. La familia le recibió muy bien con un banquete de bebidas y comidas extrañas: medusa con babas de caracol o una bebida de pollo con patatas y pimientos.

Mario durmió con los hijos de la familia rara y, como estaba muy cansado, durmió de un tirón. Al día siguiente salió a explorar ese lugar tan extraño donde se encontraba. A lo largo del camino encontró árboles de algodón de azúcar y tiendas de piel de cocodrilo. Mario se despistó y se le hizo tarde. Cuando llegó la noche encontró una cueva para dormir, se adentró en ella, encendió una vela de chocolate que había comprado, se puso cómodo y se durmió muy a gusto con el olor a chocolate que desprendía la vela al consumirse. De repente, en mitad de la noche comenzó a escuchar unos ruidos muy estridentes. «¿Qué suena? ¿Será dentro o estará fuera?». Los extraños ruidos le despertaron por completo y cuando se acercó para comprobar lo que sonaba se encontró con un dinosaurio lleno de chuches. Por su boca, en vez de fuego, escupía chocolate blanco.

Al principio, como cualquier niño delante de un dinosaurio, sintió miedo, pero cuando le miró a los ojos, se dio cuenta de que el dinosaurio no tenía intención de atacarlo, de hecho, lo invitó a dar un paseo volando por aquel lugar tan especial. El dinosaurio llevó a Mario a la cueva donde estaban todos los dinosaurios. Jugó mucho con ellos, y tanto jugó que se quedó dormido. Cuando se dio cuenta, había despertado de nuevo en el planeta Tierra justamente en su casa. Mario le contó sus experiencias a su padre y a su madre, ellos no se lo podían creer.

Al día siguiente regresó al colegio y sus amigos le recibieron muy bien. Mario siguió soñando con historias fantásticas y siempre que podía dejaba volar su imaginación, eso le hacía muy feliz.

CLAUDIA GILGADO MESA

LA PRINCESA IRIS

Érase una vez, una princesa llamada Iris. Ella era una hermosa princesa de cabellos dorados, ojos azules y una tez blanca como la nieve.

Un día, el rey de la comarca, llamado Carlos, invitó a todo su pueblo a una gran fiesta para que su hijo, el príncipe Guillermo, de once años, conociese a más niños y niñas como él, con los que poder jugar.

A Iris, le encantaban las fiestas y ponerse guapa para la ocasión. Le gustaban los vestidos de princesa y adornar su larga melena con flores de muchos colores. Para tomar idea de sus outfits seguía a muchas influencers que le ayudaban a decidir lo que se tenía que poner para cada ocasión.

Llegó el gran día, se colocó un largo vestido de gasa y se adornó el cabello con una diadema de mariposas, las que sintió en el estómago cuando vio al príncipe por primera vez. Aquel día conoció al príncipe Guillermo, pronto se hicieron muy buenos amigos.

Iris le presentó a su primo Sebastián y a su prima Margarita. Fue una fiesta muy divertida, con castillos, payasos, un mago y muchos regalitos.

Después de la fiesta, Iris y Guillermo se convirtieron en los mejores amigos del mundo. Junto con Margarita y Sebastián, siempre andaban juntos jugando, estudiando, haciendo viajes por el mundo… ¡Lo pasaban en grande!

Con el paso del tiempo, el príncipe Guillermo y la princesa Iris se enamoraron profundamente, Entonces, el príncipe Guillermo le preguntó a la princesa si quería ser su esposa. Iris, emocionada, le dijo que sí.

Entonces, un bonito día de primavera, en el palacio del rey Carlos, celebraron una gran boda y los príncipes Guillermo e Iris vivieron felices para siempre.

LUCÍA RIOLA MORENO

LA HISTORIA DE NINA

Érase una vez un mundo llamado Jiomeo donde todo era diferente a lo que estamos a acostumbrados a ver.

Allí vivían millones de marcianos llamados jiomeitos. Eran muy felices hasta que… ¡llegó un humano! Estaban muy asustados, pero como el humano era una niña pequeña decidieron integrarla como a una más.

La niña aprendió el idioma jimeo y comía bichos pringosos como ellos. Jugaba a los mismos juegos que ellos, conocía a los habitantes y a cada uno le llamaba por su nombre.

Un día, cuando la niña a la que bautizaron como Nina creció, empezó a preguntarse por qué era diferente a los demás. Entonces le preguntó a su *madre*:

—¿Por qué soy diferente?

A lo que su *madre* le dijo:

—Hija, como ya eres mayorcita te lo contaré.

Cuando tenías aproximadamente un año, llegaste a este planeta a través de un pasaje tiempo-espacio que hay en aquellas grandes piedras. Tú eres una humana, te aceptamos porque eras una pequeñita, muy mona, sin malas intenciones.

Nina estaba impresionada, en lo único que pensaba era en su planeta verdadero, La Tierra.

En el 18.º cumpleaños de Nina nadie la encontraba, parecía que se había esfumado como el humo de colores que salía de los volcanes de Jiomeo. Su *madre*, desesperada, se echó a llorar porque se imaginaba que Nina había viajado a La Tierra. Y así era, Nina se había acercado al lugar por el que había llegado hasta allí, se metió y vio un laboratorio. Como no había nadie, salió de ese extraño laboratorio, pero tuvo una visión en la que se vio a ella de pequeña entrando en aquel lugar. No sabía qué le había pasado, pero sabía que ya había estado allí.

De repente y por casualidad, se encontró a una niña de su misma edad, le contó todo lo que le había pasado y por qué estaba allí. Se hicieron superamigas, pero se tuvieron que despedir enseguida porque Nina tenía que continuar su camino.

Nina siguió investigando por aquel lugar. Encontró una casa que parecía abandonada y entró. Había fotos de ella de pequeña, se reconocía muy fácilmente porque no había cambiado mucho, aunque ya tenía dieciocho años. Reconoció que estaba en su pueblo natal. Pero decidió volver al mundo Jiomeo con su familia adoptiva, ya que los echaba muchísimo de menos.

Cuando llegó les pidió perdón a todos por aquel susto. Celebraron su cumpleaños muy a lo grande. Y cada viernes viajaba a La Tierra para visitar a su amiga.

UGE MORENO MESA

LOS CARNAVALES DEL REINO CACAHUETE

En un lugar muy lejano llamado Cacahuete, todos los años se celebraba el carnaval. Era una fiesta muy importante para el pueblo y por ello tenían que prepararla con mucho tiempo. Entre todas las comparsas que participaban en el gran desfile, una tenía fama de ser muy creativa: la comparsa Cacahuete Feliz. Los miembros de Cacahuete Feliz se reunieron para pensar en la temática del próximo desfile. A Manolo Cienideas se le ocurrió una maravillosa idea: los disfraces locos. Hicieron una lista de los materiales que iban a necesitar y fueron a comprarlos al centro comercial del pueblo.

«¡Qué carnaval más divertido!», pensó Manolo. «Vamos a hacer el desfile más original de los últimos años. ¡Manos a la obra! Es tiempo de patrones, tijeras, costura y fantasía».

Los miembros de la comparsa hicieron varias propuestas, un grupo apostó por el disfraz de Cacafruti. Para la cabeza eligieron una gran piña. Para su cuerpo, una calabaza con botones en forma de fresa, pera y plátano, y en los pies, unas botas con cerezas y arándanos.

En ese momento entró por la puerta al Señor Sandianada, un tipo gruñón y enfadica.

—Yo me disfrazaré de sandía.

—¡Pero Sandianada! —exclamó Manolo—, si a ti no te gusta la sandía, ponte el mismo disfraz que nosotros.

Aquello parecía la Torre de Babel, todos hablaban y no llegaban a acuerdos. Entre los Cacafruti y Sandianada había un desorden grandísimo.

—¡Falto yo! Aún no he opinado —dijo la hermana del señor Sandianada—. Yo me vestiré de rotuladordiño porque me encanta pintar. ¿Alguien me quiere acompañar?

El caos se apoderó de Cacahuete. Ante esta loca y disparatada situación, Manolo propuso:

—En la variedad está la calidad, todos iguales pero todos diversos, vamos a por el Carnaval de la Diversidad.

Toda la comparsa se puso manos a la obra y en 28 días y 30 noches estuvieron todos los disfraces terminados. El señor Sandianada, que fue el primero en llegar al desfile, preguntó:

—¿Tenéis ya los disfraces preparados?

Dijo su hermana:

—Yo sí.

El resto de participantes contestaron:

—¡Nosotros sí y de cacafruti!

Comenzó el desfile: a la cabeza el Señor Sandianada, a continuación rotuladordiño que a modo de batuta llevaba un rotulador en la mano para marcar el ritmo y detrás la Comparsa Cacafruti al completo. Era un desfile superloco, a los jueces les encantó y antes de dar los premios apagaron las luces para encenderlas de colores…

Y por fin llegó el gran momento: «La comparsa ganadora del reino Cacahuete es la comparsa Cacahuete Feliz, con sus disfraces locos por llevar como sello la DIVERSIDAD».

JUAN ANTONIO SOLTERO CARRACEDO

LLEGÓ EL FIN DEL MUNDO

Era un día como otro cualquiera. Jack se iba a trabajar, pero sin saber lo que iba a pasar. Ese día en la fábrica donde trabajaba hubo una explosión radiactiva y muchos de sus compañeros consiguieron escapar, pero otros no y a causa de la explosión quedaron bastante afectados.

Jack, devastado, volvió a su casa, se tiró en el sofá y se durmió. Al despertar vio que la ciudad estaba siendo destruida por unos seres verdes y malvados, una especie de zombis.

Los zombis ocupaban las aceras, se subían a las torres de los rascacielos, entraban en los grandes almacenes, encendían y apagaban los semáforos como si fueran linternas de juguete… El espectáculo era aterrador.

Muy asustado y preocupado, Jack se fue a buscar a su novia, Alba. Cuando llegó, se dio cuenta de que Alba no estaba, entonces subió a la azotea de la casa y comprobó que la chica estaba siendo atacada por uno de los zombis. Jack se puso muy nervioso, el zombi tenía una especie de sustancia pegajosa y resbaladiza que hacía que nadie le pudiera atacar.

A pesar de ello, Jack consiguió alcanzar al zombi. La ayudó para quitarle el zombi de encima y, aunque corrieron a toda velocidad, fueron acorralados por otros de estos seres, parecía que se multiplicaban en la adversidad.

Por suerte, de la nada apareció un hombre con un gran coche dispuesto a ayudarlos. Después de una intensa lucha consiguieron salvarse, pero el hombre quedó preso de los zombis y no pudo escapar.

Convertidos en dos superhéroes, Jack y Alba recorrieron la ciudad en busca de más humanos.

Finalmente fueron encontrando a otros supervivientes y todos juntos pudieron escapar y dirigirse a un lugar donde vivir a salvo.

Los zombis, al quedarse solos, decidieron volver a su planeta y la ciudad de Jack quedó limpia de esos seres pegajosos y peligrosos.

NOELIA CORIA ROMÁN

JUAN MALOS PELOS Y LA PULSERA DE PERLAS

Hace ya casi hace un siglo, existió un tipo muy peculiar llamado Juan Malos Pelos. Llevaba siempre unas gafas azules y le gustaba vestir con camisetas de colores. Juan Malos tenía muchísimos amigos, pues era un chico muy simpático.

Vivía con su familia en un pueblo de montaña rodeado de árboles y mucha vegetación. Durante unas vacaciones, Juan Malos Pelos viajó a Madrid para pasar una semana con sus primos, Juan y Marta. Los días en la ciudad eran muy bulliciosos. Juan Malos Pelos estaba un poco estresado, entonces sus primos decidieron llevarle a conocer el centro de Madrid. Visitaron el museo del Prado y a la salida comieron una pizza en un italiano. El día era maravilloso, un plan perfecto para un día de vacaciones.

—¡Corre, Juan! ¡Vamos a coger el metro y faltan dos minutos para que salga!

Juan corría todo lo deprisa que podía y en esa carrera se cruzó con una señora pelirroja que llevaba una gran pulsera de perlas. Al cruzarse con ella, la pulsera se enganchó en la camiseta de Juan. El niño no se dio cuenta y, mientras, la señora gritaba:

—¡Al ladrón! ¡Al ladrón!

Cuando llegaron a la estación del metro, había dos policías altos y corpulentos en la cabina de los tickets que, cuando vieron a Juan, se quedaron muy sorprendidos. Ellos miraban al niño y después a la pantalla de su móvil; allí tenían un retrato robot del ladrón de las perlas de la marquesa Enriqueta.

Rápidamente, los policías comprobaron que se trataba de Juan Malos Pelos y le detuvieron allí mismo.

Sus primos quedaron desolados. Llegó Enriqueta con los pelos de punta del enfado que traía.

—Ese, señor policía. Ese niño ha sido el ladrón.

Entonces, Juan, al oír que le acusaban de ladrón, se puso muy nervioso y empezó a sudar. Cuando fue a sacar un pañuelo de su bolsillo se dio cuenta de que llevaba colgando la pulsera en su camiseta. Corrió hacia los polis y se lo contó todo.

La marquesa Enriqueta recuperó su pulsera e invitó a los niños y a los policías a merendar unas tortitas de chocolate.

Juan Malos Pelos, el chico de las gafas azules, había demostrado que, a veces, las apariencias engañan y que incluso los malentendidos más graves pueden terminar de la mejor manera.

VERA GARCÍA RIOLA

LOS CUATRO SUEÑOS
DE MACARENA TRES DEDOS

Cuenta un cuento que había una vez una niña llamada Macarena a la que todos llaman Macarena tres dedos porque tuvo un accidente y perdió dos de ellos. Macarena era muy soñadora y tenía un calendario de sueños donde escribía lo que soñaba cada noche.

Cada día soñaba con visitar un sitio diferente del mundo. El primer día soñó con una isla llamada Isla Salchichón. Allí los árboles eran salchichas, las piedras rollitos de bacon… En ese apetitoso lugar, la niña se comió todos los árboles de salchichas y un río loncha de jamón con flotadores de jamón York. El segundo día soñó con la Península de las Matemáticas. Allí todo lo que había eran números, fracciones, ecuaciones… Ella, que odiaba las matemáticas, allí comenzó a cogerles gusto. Había muchas clases de árboles, algunos crecían de lado como un signo igual, otros levantaban sus ramas cruzadas como el signo de multiplicar… El tercer día soñó con El Litoral de las Albóndigas Pistoleras. Ese lugar tenía un ecosistema propio, cada vez que llovía salían albóndigas a su alrededor, que con pistolas de agua cogían el caldo de pollo y se lo bebían. El cuarto y último día soñó con La playa de Balones, en donde todo el mundo tenía forma de balón, los gorros eran balones partidos a la mitad, las medusas balones y sus tentáculos balones partidos en barritas finas…

Macarena, entre sueño y sueño, crecía y se lo pasaba pipa. Los sueños eran para ella una fuente de alegría y experiencias enriquecedoras; sin embargo, la magia terminaba cuando su madre la despertaba por las mañanas para ir al colegio e iniciar la rutina diaria.

Cuando Macarena se hizo mayor, ya en la Universidad, le contó a su amigo Pablo los sueños que tenía de pequeña, pues ella los llevaba anotados en su calendario de sueños. Pablito, que estudiaba psicología, intentó darle una explicación.

—Macarena — dijo Pablo—, escucha con atención mis reflexiones sobre tus cuentos. En tus sueños, tu mente ha transformado las cosas cotidianas de la vida: la comida, las matemáticas, la playa…, en mundos fantásticos y emocionantes, haciendo que incluso las cosas que no te gustan como las matemáticas se vuelvan interesantes.

—Tienes razón en todo, Pablo —contestó Macarena—. Lo que sí puedo añadir a tus explicaciones es que esas aventuras y viajes nocturnos me hacían sentir muy feliz. GRACIAS, AMIGO.